通红的月亮

——王旭之小说集

王旭之 / 著

北京日报出版社

图书在版编目（CIP）数据

通红的月亮：王旭之小说集 / 王旭之著. --北京：
北京日报出版社，2018.11
ISBN 978-7-5477-2921-2

Ⅰ.①通… Ⅱ.①王… Ⅲ.①短篇小说-小说集-
中国-当代 Ⅳ.①I247.7

中国版本图书馆 CIP 数据核字（2018）第 144255 号

通红的月亮——王旭之小说集

出版发行：北京日报出版社
地　　址：北京市东城区东单三条 8-16 号东方广场东配楼四层
邮　　编：100005
电　　话：发行部：(010) 65255876
　　　　　总编室：(010) 65252135
印　　刷：成都国图广告印务有限公司
经　　销：各地新华书店
版　　次：2018 年 11 月第 1 版
印　　次：2021 年 4 月第 2 次印刷
开　　本：880 毫米×1230 毫米　　1/32
印　　张：5.5
字　　数：124 千字
定　　价：38.00 元

代　序

　　生于20世纪60年代的人，也就是时下常说的60后这一代人，特别是生于农村、长于农村的，大都对一件事刻骨铭心——那就是饥饿。这种感觉在本书《上工地的日子》这部作品中有所描述，但我们农村娃却能苦中作乐，比如玩泥巴、打陀螺或是上山摘野果、下河捞鱼虾等等，反正课余时间一大把，都被我们用于尽情地玩耍了。就这点而言，我们这一代人的少儿时期，过得比时下的孩子们快乐多了，这对身心健康有利。

　　然而，我的少儿时代并不总是与欢乐做伴，实际上绝大部分时间是在孤独中度过的。原因之一竟然是我比其他孩子聪明，比如玩泥巴，我总能捏出惟妙惟肖的泥塑作品，美煞了同龄伙伴们；再比如造陀螺，我总能造出精致、美观而且活（旋转）得最久的陀螺。又由于父亲是生产队长，队里的收音机和广播系统就在家里，老爸看过的报纸我就拿来一字不漏地阅读，所以天下事我知道得比他们多。以至于我说记者采访的时候写字速度很快，小伙伴们却不知记者为何物，竟耻笑我说："你说汽车会写字？"伙伴们便哈哈大笑。久而久之，他们因嫉妒而生怨恨，惩罚我的方式竟然是不让我跟他们玩，于是他们就在孩王的带领下形成一个集团，将我隔离在外。但有时候遇到棘手的问题，他们也派

"代表"来向我讨教，甚至跟邻村的孩子帮起冲突的时候，也请我去做"军师"。最典型的一次是仅凭我的"口才"吓退"敌方"，从而避免了一场恶战。

久而久之，孤独让我学会了思考，也学会了独立自主学习和做事。孩王不喜欢我，但是他喜欢抄我的作业。我们那个小村庄两边各流淌着一大一小两条小溪流，两条小溪的交汇处就是美丽富饶的驮娘江，那儿古树参天，阴森森的遮天蔽日。那儿有一处刀削般的断崖绝壁，绝壁边上有几棵结满硕果的牛奶（无花）果树，我们在河里游玩，累了饿了，就到那里采摘果子充饥。很多孩子包括孩王都只感受到野果的香甜，而我却常常对这处绝壁沉思。孤独的时候就展开想象的翅膀，觉得那断崖绝壁就像一扇厚重的大门，门后面就是一马平川的富饶土地，在那片与世隔绝的地方，有许多精致的木屋，排列得错落有致，村中有许多小巷，人们来往穿梭，偶尔传来几声鸡鸣或犬吠，使隔世村庄显得更宁静而祥和。每逢圩日，大街小巷里摆满了各式各样的物品，特别是香甜可口的美食，来来往往的人都可以享用，如同传说中天上的街市……

上了中学后，读到了陶渊明的《桃花源记》，我惊讶万分，原来早在东晋时期就有个大文豪写下了与我儿时的想象一样的名作！上课时，我眼盯着老师那两片不断翕动的嘴唇，脑海里却浮现出我自己想象中的隔世村庄。不用说，《桃花源记》我能倒背如流！从此，我深深地爱上了文学，便不停地借阅文学巨著，最喜欢的是百读不厌的《三国演义》，最喜爱的人就是军师诸葛亮。从此，我的课余时间不再孤独，因为有了文学的陪伴，能跟作品里的人物共悲伤、同欢乐。杜甫说的没错："读书破万卷，下笔如有神。"我写的作文每次都被老师拿去当范文朗读，临近高考的动员大会上，校长还亲自念了我写的议论文《论"拿来主义"》，给同学们做典范。海阔凭鱼跃，天高任鸟飞。整个中学阶段，我的聪明才智才有了广阔的发展空间，选班长的时候我是满票，但我更喜欢做"军师"，将班里的一个大个子推上了前台，我只做个"副职"。

发表处女作是1982年我19岁的时候，那年夏季在《右江文艺》发表了《我是条小河》（外一首），从此开始走上文学创作道路。诗歌、小说、散文和电影文学剧本都写。2001年起涉足网络文学，并在《榕树下》和《起点中文网》等建有个人网上文集。作品总量已达百万字。期间发生了一件今生都不能忘怀的事，就是自己组装的第一台电脑硬盘坏死，多年心血写就的几十万字作品毁于一旦！令我如丧考妣。

年轻时代从写诗歌起步，近年来以写小说为主。田林县政府文艺创作"金竹"奖至今共授奖五届，我有四届获奖。这本文集共选了曾公开发表过的5部（篇）具有代表性的小说作品，其中的3部中篇小说就是"金竹"奖的获奖作品。

作　者

2018 年 8 月

目录

通红的月亮

一

那一年，我爷爷这个地主家的养子长到了十岁，就毫不犹豫地实践他原先的诺言——抛弃了地主家，跑到渡口上和老艄公干德大叔一起过日子。那天晚上我爷爷做了个梦，他梦见一个非常美丽的月亮就悬在他的头顶上，圆得很也亮得很，他忙伸出双手去摘取，可月亮的表面光滑无比，怎么捧也捧不住，而且手一碰上，它就冉冉地飞升。不一会儿，月亮又降到我爷爷的额际，比刚才还要低。我爷爷又来劲了，伸出手臂猛地抱住这个美丽的月亮，可这次依然没抱住，它从我爷爷的臂弯里滑脱出来之后，又轻飘飘地离他而去。他懊丧地垂下手来，闭上眼睛休息。不一会儿月儿又出现了，而且这次是红彤彤的。像刚出生的婴孩一样，映照得我爷爷的全身也是鲜红一片……

他醒过来时，篱笆缝透进的太阳光照在他的脸上。那阳光红红的，暖暖的。从那天起，干德大叔就开始教我爷爷划船掌舵。1940 年，我爷爷刚满十五岁，就成了驮娘江上闻名遐迩的舵手。我爷爷长得很威武，经过这五年的日夜辛勤劳作，已经能独立撑篙掌舵行船了，干德大叔为此常夸他是块艄公的好料。

爷爷原来寄养的地主家里有个千金小姐，这年长到十二岁了，名叫翠婷。人真的长得亭亭玉立。也就在这一年，她要到河对岸的镇上读书，所以每天都得乘坐我爷爷的船来回上学。这位千金小姐倒不另眼看待我爷爷，她还是和以往那样，有什么好吃的都爱留着点带给她的"大哥哥"。我爷爷记得清清楚楚，他十岁那年就因为偷吃了地主家的一把花生米，而被正等待时机揍他一顿过瘾的地主养爹捆绑起来，吊在廊檐上。地主养爹举鞭就抽，当马鞭子在我爷爷身上雨点般地打个不停时，是七岁的翠婷哭叫着要放他的哥哥，还拖住她父亲的后腿，又是哭闹又是咬，烦得她爹回手给了她一鞭子。不知为什么，这一鞭子我爷爷却觉得抽在他心上一样，他战栗起来了，嗅出自己身上那紫红的鞭印里散发出来的一股血腥味，那是马鞭子和着汗水、血水混在一起的一种呛人的腥臭味。

那一年干德大叔把我爷爷从洪水中救出来时，我爷爷还不满一岁。那时干德大叔是地主家的长工，救出我爷爷的那天早上，他正在驮娘江边用长杆子爪钩捞柴枝。干德大叔把他抱回了地主家后，没想到那对结婚了近二十年却没有小孩的东家，竟提出由他们收做养子。干德大叔也觉得自己这条老光棍太穷了，何不如给了他们，这孩子倒会少受些穷困之罪。于是我爷爷便荣升为地主家的公子。吃得饱饱的，穿得暖暖的。养父养母对他也很溺爱。

可我爷爷天生不是富贵命，当他长到三岁时，养娘竟奇迹般地生下了一个千金，就是眼下的翠婷。于是我爷爷又开始受冷待了。后来随着那个翠婷小姐的一天天长大，我爷爷竟一天天地备受凌辱。十岁那年偷吃花生米而被吊打就是例证。

干德大叔由于和地主家有着理不清的关系，那时已不在地主家干活了，他买来一条船，在河边渡口上搭了个茅棚住下，开始了他的新生活。

自从我爷爷离开了地主家，那令人窒息的孤独和惆怅天天在折磨着翠婷，促使她一有空就跑到渡口，坐在船舷上，把双脚放进水里，扑打着水面，激起一束束光彩夺目的水花花……

二

这天午饭后，我爷爷躺在破床上闭目养神。不多久，他就听到那熟悉的脚步声由远及近。

"大哥！"是翠婷来了。

他曾不只一次地跟她说过，别叫他大哥，说他是贫苦人家的种，不是她的亲哥哥，最多只能叫阿船哥。可翠婷说是从小叫惯了，改不了口啦。所以如今她还是哥哥长哥哥短地叫着。

这时候我爷爷翻了个身，因为他嗅到了一股令他垂涎三尺的香味，然而是什么味儿他也一时说不上来。他也曾不只一次地告诫翠婷，叫她不必对他这么好，每次从家里来都偷点东西给他吃。况且让养爹知道的话，她会挨打的。可她说爹妈不会责怪她的，因为每次拿东西都是在他们眼皮底下明目张胆地拿，说是要在半路上吃，爹妈疼爱她，什么事不依她。说来也怪，我爷爷每次都照吃不误。不吃白不吃——干德大叔也这么说。

此时，我爷爷的吃瘾又来了，起身走了出去。

"好香啊，是什么东西？"他咽着口水说。

"你猜猜。"翠婷把书包递到我爷爷鼻子底下。

我爷爷深深地吸了一鼻子气，那香味立即灌入他的鼻腔，扩散开来，刺激着他的味觉神经。

"是花生米!"我爷爷兴奋地叫喊起来。

翠婷便笑眯眯地将一包炒花生米掏出来递给了他。他高兴得手都有点儿颤抖了,哆嗦着打开了包着的芭蕉叶,将几粒香喷喷的花生米投进了嘴里,然后跑回茅棚,将一部分花生米倒到干德大叔的手窝里。他自己则双手捧着那张芭蕉叶,努着嘴巴,追咬那些滑来滑去的花生米。

翠婷则自个儿跑到船上来,脱下鞋子,还是坐在船舷上,用她那双鲜嫩嫩的小脚扑打着水面,激起的水花有的扑到她那红扑扑的脸蛋上,露珠般地在她脸上闪烁着;有的却像泪珠似的,沿着她那洁净的腮边滑落下来。

吃完了花生米,我爷爷似乎添了几分劲儿,他走出茅棚,划船把翠婷送到了对岸。翠婷照例跳下船来,把缆绳拴在岸边的木桩上,接着就给他扮了个鬼脸,之后蹦跳着往镇上的学校走去。

"狗娘养的!"

望着翠婷远去的背影,我爷爷没头没脑地骂了一句。之后仰躺在鸟尾巴似的,高高翘起的船尾上,颠三倒四地想着他的心事。

"狗娘养的!"从此他常这么莫名其妙地在背地里骂翠婷。

三

星移斗转,日子一大串一大串地从我爷爷那撑篙摇橹的指缝间溜了过去。这天傍晚,瑰丽的夕阳金纱般地披在远处的山冈上,青绿的草,墨绿的树,此时都蒙上了一层神秘的金光。村上的人家屋顶上,都升起了袅袅炊烟,远远望去,整个村寨百来户人家就像香炉里的一百支香。白烟软软的,香甜里夹杂着一股辛辣味。经受阳光暴晒了一天的芦苇，这时候散发出一种野味的清香。那芦苇秆随着微风轻轻拂荡，像是召唤着喜爱它的牛犊和牧童。

河水平静地流着。微风过处，波光在我爷爷的眼前辉映。他侧身躺在船尾翘板上，左手支撑着已长到十八岁的头颅，右手挟着一顶破草帽，盖住他的头部。这时候他看到从远处飞来一对美丽的野鸭子，它们双双落在河湾上，激起两个水圈。随着野鸭子身体的颤动，水圈便一圈接一圈地扩散开来。不一会儿，那两个水圈终于交汇在一起了。它们把各自的头颅迅速地插进水里，又猛地抬起来，让透明的水珠从它们的背脊上滑过去，洗刷着它们那发烫的羽毛。

不一会儿它们就相互在水面上打逗追逐。

我爷爷看得发了呆，心里竟也产生了一股莫名其妙的冲动。这时候有人用手在他的脚板底搔了一下子，顿时一阵奇痒使他从想入非非的幻境中坠回了现实。

"狗娘养的！"他猛然间横扫了一脚。

"哎哟！"那人尖叫了一声，接着应声落入水中。

我爷爷坐起来一望，原来是翠婷。这时她的手脚都在水里乱扑腾着，嘴里不停地叫喊："救命……救命啊……"

我爷爷看到许多花花绿绿的糖果从她的口袋里漂了出来，天女散花似的在清澈的水里慢悠悠地往下沉去。这些年来我爷爷对她还是不怎么好，常无缘无故地骂她，拿她开心。可她却还是老样子，从家里来还是不忘记带吃的给他们爷俩。从镇上回家就买些零食回来给他们。

我爷爷站了起来，顺手扔下那顶破草帽，他看到十五岁的翠婷像个美丽的仙女，觉得她在踩着云朵，向人间徐徐地飘落……

"救命……"

仙女似的翠婷在悠悠地飘，我爷爷欣赏着。他从来没这么认真地审视过她，现在他突然间改变了不正眼看她的主意。他很兴奋，也觉得从来没这么愉悦过。就像是郁闷的情怀得到宣泄一样。他很满意，觉得此时落难的翠婷是那么美，连她激起的水花也令他陶醉不已。

"救命啊……"

她连呛了几口水，扑腾声也开始小了，她也就慢慢地往下沉去。我爷爷看到她那双可爱的小脚，像两条小鲤鱼，翻腾游荡，鞋子不知什么时候不见了。接着我爷爷还看到她那丝质的衣襟随着她的身子的颤动，在水里飘荡着，就像仙女腰间的飘带。

"大哥……"

我爷爷这时感到一阵饥饿，而正是这种饥饿感使他想到了翠婷含着纯洁而真诚的笑意，一次次向他递过来吃的东西，还想到他十岁那年被养爹吊打时，小翠婷跪在地上抱住她爹的腿哭喊的情景。

我爷爷扑通一声跃入水中，干号了几声，接着用力扑打着水面，弄得一江水沸沸扬扬的。他在发狠，像是不满于束缚着她和他的手脚的河水似的，嘴里还含糊不清地漫骂着。青山在瑟瑟发抖，颤巍巍地回响着我爷爷的叫骂声……

他终于靠近了她。于是处于绝望中的她便紧紧地抱住了他。他首先感觉到的是一阵令人眩晕的温暖和柔软，这种他从未体验过的舒适无比的温暖和柔软感使得他不想动，就这样静静地待下去，一直到永远。可是不行，他的整个身体明明在往下沉去，心胸也开始感到憋闷了，得设法浮上来！

经过一番拼命的挣扎，他终于把鼻子伸到了水面上，深深地吸了几口空气。于是他张开大口猛地吸了一口，没想到这一吸却吸进了她吐出来的水，呛得他浑身痉挛起来，四肢也停止了划动，于是两个人又往下沉去。

就在我爷爷企图把翠婷推开的时候，他的脚终于触到浅滩上的沙粒。他兴奋得马上站了起来。获得了新生一般的他，这时候忘情地搂抱着怀里的翠婷。后来竟不顾刚吐过的腥臭味，毅然决然地将他的嘴唇盖在她这时有点儿苍白的嘴唇上，任由河水把他们冲得翻来滚去……

四

1948 年春天，我爷爷和干德大叔还是住在渡口上那间破草棚里。门前的驮娘江还是那么宽，水仍然那么绿，依然从日落处流来，向着日出处流去。所不同的是，我爷爷长成了一条壮汉，而干德大叔却苍老了。

那天晚上，他们爷俩在茅棚里烤火取暖。此时正是乍暖还寒时节，夜里挺冷的，况且他们都没有一件像样的过冬衣服，冬天里都靠烤火取暖。

天空挂着一弯瘦瘦的月牙儿，星光也瘦瘦的，弱弱的，几片冷冷的云低低地飘着，挂在村边的大榕树上，不一会儿又被树梢撕裂成若干碎片，落在荒野里凝结成冰冷的露珠。这时候，一串熟悉的脚步声从地底下传到我爷爷的耳朵里。一种异样的感觉在他心里油然而生。

一阵风从河面上滑过来，掠过茅棚顶端，几根扎不稳的茅草失了足，从棚顶上惊慌失措地掉了下来，落在地上，像一串眼泪滴到通红的火炭上一样，沙沙地响。不一会儿，风就走远了，只有脚步声很震耳。

"都没睡?"

我爷爷惊异地看见翠婷的怀里抱着大包小裹。火光映着她苍白的脸,也映出她眼眶里闪烁着的晶莹透亮的泪花。

"都没睡。"

我爷爷懵懂地重复着她的话,仍然坐在那里。

翠婷把带来的东西都放到他的破床上,转过身来,蹲在我爷爷的身边,左手扶住我爷爷的膝头,右手拿起火堆旁的一支木棒,伸到火堆里,在通红的火炭上乱戳。

她说也许是最后一次送东西了。她也不能读书了,本来她在前年就考取了一所很好的大学,可父母不让她读,说她读书多了,将来会离他们很远的。他们就她这么个女儿,不希望她出人头地,只希望她嫁到镇上的一个富贵人家去就知足。

最后她流着泪说,过几天她就要嫁到镇上的一个大户人家那里做媳妇了。说那个瘦猴似的丈夫就是她的同班同学,是个不折不扣的洋烟鬼,常常在课堂上烟瘾难耐,嘴角老挂着口水,因而闹了不少笑话……她说她一见到那个洋烟鬼就恶心,想到做他的媳妇就想死。可这是爹妈定的亲,说他家里有享不尽的荣华富贵……后来她还感叹自己的命苦,在这世界上没有自己的一片快乐天地,生活中充满了彷徨和孤独。

后来她不说话了,还拿着手上那根短木棒在通红的火炭上乱戳。过了一会儿,木棒的末端便冒起了一团辛辣扑鼻的浓烟,然后呼地一下子燃起了一团明亮无比的火苗。她将火棒高高擎起,火苗顿时照亮了整个破茅屋。

许久许久,火苗依然咝咝地燃烧着。我爷爷的脑际上突然滚过一团通红的火球,他浑身便燥热起来。那火球滚过他的心头,升上他的脑海里,幻化成一个通红的月亮,和他十岁那年梦见的那个一样可爱。于是我爷爷觉得眼前一派明媚，世间旋即变得很甜美，很敞亮。

"你怎么不说话？"她抬起头来望着我爷爷，那神态像一只被老鹰死死盯住的小鸡，在惊慌失措地寻求庇护一样。

我爷爷是想说些话，也在肚子里压着许多话，可最终一句也吐不出来。堵得鼻腔里也是酸溜溜的，眼里也是潮湿湿的。这时候，他的大腿上传导上一阵阵难以言喻的感觉，他感觉到她那细嫩柔软的小手在他大腿上轻轻地来回抚摸着。

从那次他把她从河里捞起开始，她就爱有意无意地，一有机会就碰他一下。有时是默默地，有时是笑声朗朗地。有一天她吃了早饭就跑到渡口，嚷着要他教她划桨，他出于无奈，望望四周，见没人要过渡，便跟她上了船。她站在他的前面，浑圆地背靠在他鼓起的胸肌上，头顶着他的嘴和鼻子。他嗅出了她那浓郁的发香，还有从她的衣领里散发出来的那种甜甜的体香。她的脖子真圆真白，像个玲珑的玉壶。

"抓这！"她抓起他的右手，按到她那只握着船桨的细嫩得有点苍白的手上。

他那布满了厚厚的老茧的大手便把她的小手连同桨把一起紧紧攥住。小时候他也这么握过她的小手。那时地主家请来个老先生，教他和她读古书、练写字。初练写字的时候是手把手教的，可一到练写字时，她就缩着小手不肯让老先生握。说老先生那骨瘦如柴的手握得她的手生疼，她害怕，一见到老先生的手伸过来，她就想到螃蟹那可怕的钳子。他写的字比她好得多，领会得也快。于是那位不知是孔老夫子的第几代门生的也会因材施教的老先生，无意中改变了教法，先教他怎样写，之后再让他教她，因为她不怕她哥哥的手……

"怎么划?"她笑着问,和小时候问他怎么写一样。

"这是打右舵……这是打左舵……"我爷爷教得挺认真,可她却老在他胸前来回磨蹭,还不住地爽声大笑,并没认真学。

我爷爷觉得她的笑声纷纷落在水面上,激起一片片晶亮亮的美丽无比的波光。他努力地谛听着那天真无邪的声音,努力地捕捉其中那美妙的色彩,竟忘了划桨。

"哎哟,我的手都快给你捏碎啦!"她嚷了起来,接着又是一串开心的笑声……

"你说话呀你!"她的小手锤打着他的大腿,接着把擎着的还在燃着火的木棒插进火灰里,之后伏到他的膝头上。茅屋内又恢复了原先的昏暗。

我爷爷还是无话可说,望着眼前的火堆出神。不一会儿他把目光移到对面,发现靠在茅屋中央那根柱子下坐着的干德大叔,不知什么时候把埋在膝盖上的头抬了起来,他是望着翠婷的,我爷爷觉得从干德大叔的眼里流出来的目光充满了哀伤,其中还包含着真挚的父爱般的情感。

"我送你回家吧……"我爷爷终于说出了一句话,并且扶起了她的头。

她怔怔地望着我爷爷,没说话,那玲珑剔透的鼻子动了动,两行泪水又顺着她那美丽的脸颊滑落下来。不一会儿,她轻轻地叹了一口气,站起了身子。

外面还是瘦瘦的弱弱的月光,月牙儿已开始偏西了,那朦胧的月光更冷了,更凄清了。

我爷爷双臂抱在胸前,默默地跟在翠婷的身后。他很想说几句话,可又不知从何说起。就这么默默地,一直把她送到她家的大菜园边,他也没能说出一句话来。这时候狗已嗅到他们的气味，汪汪地叫了起来。小时侯，他俩就是在这菜园里，斗蟋蟀，捉迷藏，过家家。有一天他用菜花给她扎了一个漂亮的花环，当他把它戴到她的头上时，她就同意"嫁"给他了。他高兴地拉着她的手，钻入那比他们还高的开着黄花的菜丛中，随手挖了个坑，架上一块瓦片，再抓起一把泥土，放在瓦片上"煮"起"饭"来。她趴在地上，对着瓦片下"吹火"，还尖声尖气地干咳了几声，表明那是烟给呛的，只差没掉下泪来。他"焖饭"的时候，她就去采菜花，拿回来便当菜"煮"。接着就面对面吃"饭"，将一小块泥土和几片菜花举到嘴边，上下打着嘴唇，算是"吃"得津津有味。之后就并排躺下，表明是夜里睡的觉……

"阿船哥！"她突然站住，转过身来，第一次这么叫他。

他的心咯噔跳了一下，也停住了脚步，觉得那声音真美，真甜。

"我走了之后，你还会……想我吗？"她说。

"会，会想你的。"他不假思索地说。

"那……这是我的订婚戒指，你拿着吧，看着它就像看着我。"她递给他一枚闪闪发亮的金戒指。

"这……"他又觉得喉头在发紧，讲话时有点疼，"我穷，没啥送给你。"

"不要紧。这是那个洋烟鬼给我的结婚戒指，他想给我戴上，可我不让，你……帮我戴上吧。"她又递过来一枚闪着红光的玛瑙戒指。

他的手微微地颤抖，以至套了几次都没能把戒指套在她伸过来的无名指上。而越是套不住手越抖得厉害，结果戒指倒被碰落了，正好碰着一块石子，戒指哀鸣了一声，倒在地上不动了。

"你呀——"她将伸出的无名指点在他的额头上，他的头往后仰了仰，待他重新摆正头颅的时候，她已转身走了。

"戒指……"他在后面叫道。

"你都拿着吧，我不需要这些。"她的声音很微弱，仿佛被月光吃剩了吐出似的，可他还是清清楚楚地听到了。他说不出自己心中是什么滋味……

五

第二天干德大叔就卧床不起了。本来这一段时间他的身体就不大好，已经好久没撑篙行船了。想不到今天病情突然加重起来，老爱说着颠三倒四的胡话。我爷爷以为他在发高烧，用手去摸他的额头，觉出是冰冷的。我爷爷更糊涂了，不知道他得的是什么病。

一连三天三夜，干德大叔不吃也不喝，他那本来很结实的身体便彻底地瘪下去了，面色像土一样灰黄，眼睛也陷了进去，颧骨突得老高，嘴唇也干裂苍白，失去了原有的血色。我爷爷请来了一位老中医，他把了一阵脉之后，摇摇头说，没药可医，病根在心里。说完给了一包草药，就站起身想走。我爷爷递给他仅有的几个钱，那老中医拍拍我爷爷的肩头，说，省下买副棺材吧，后生……

这时我爷爷才明白手上的那包草药是象征性的。

第二天早上，我爷爷发现干德大叔那苍白的嘴唇上挂着一丝微笑，他起初不大相信，于是坐到他的床边细细地看。没错，干德大叔的脸上分明洋溢着一丝淡淡的然而却是实实在在的笑意。我爷爷猜想这一定是他老人家在弥留之际，回忆着他这一生中最值得他骄傲的事。或者是他已梦见了美丽的天国，得到了他想得到的一切。说不定他老人家也像自己一样，看到了那一轮美丽的通红的月亮呢。

"听着阿船，你不是问过我为什么不娶个女人吗？告诉你，老子拥有过一个女人……怎么？你不相信？你是个睁眼瞎子，老实告诉你，天天跟你玩的翠婷就是老子的种！你更不相信了是不是？那我就把事情原原本本地告诉你。那年我三十六岁，你才两岁，当然不知道我的事。那几天，你那个地主养爹到镇上去谈生意。天黑时我正要躺下，小侍女却突然唤我起来，说太太有事找我。老子当时心跳得好凶，以为什么地方弄不好，犯了她的家规，叫老子去受罚。想到这儿老子真想逃掉算了。可回头一想，自己除了捏过她家小侍女脸以外，并没啥差错。再说她不过是个小地主的老婆而已，想来也不会把我怎样。于是壮着胆子进了她的房间。你那个养妈笑着对我说，洗澡间里有热水，有干净衣服，你去洗个澡，之后来见我。老子想不通，活了那么久还没洗过热水澡，而且这毕竟是地主家里。洗完澡老子就披上挂在那里的睡袍。不管怎样，老子总算开了眼界了。当时你蜷曲着睡在里边，你那个养妈就光着身子躺在你身边，老子当时想看又不敢看。正想躲开的时候，她却说：'过来呀，愣着干什么？'老子只好半闭着眼走到她的床边，还没等老子睁开眼她就双手勾住老子的脖颈……嘿嘿，整整一夜，老子像做了一夜的梦一样，简直不敢相信这是真的。临别时她还交代明后晚让我自己过去。后来她才告诉我，每当看到丈夫对你百般宠爱之时，她心里就憋屈，发誓非自己生出一个不成……"

"第二年，她就生下了翠婷。呢，我的种真行，没想她竟这么漂亮，也万万想不到有了她倒使你受够了委屈。看来你也犯疑了是不是？凭我这几个臭钱哪买得起这渡船？还不是你那养母暗中给的银子，她怕我生了气把那事捅出去。够了，老子跟了她一阵，如今要死了，翠婷也要出嫁了……好，好啊……"

这期间我爷爷不时给干德大叔喂些米汤，也许没这点米汤他是不会讲完他这些风流韵事的。尽管讲得很含糊，也有些凌乱，可他还是道出了事情的真相。

"阿船，我不行了，我死后你也不必伤很大的脑筋，你只要请个人来，把我绑在这个破床上，然后连同这床一起扔到河里就行了，这是水上人家的老规矩。"

我爷爷万没想到这就是他老人家的遗嘱，更没想到他老人家会有这样的人生经历。我爷爷在他老人家还没断气之前，曾想用微笑安慰他，可总笑不起来，觉得面部抽搐了一阵子，也不知道脸上出现的是笑面还是哭相。这时候老家伙就断了气。我爷爷看到老家伙的嘴角上还挂着一丝慈祥的笑意，眼睛还睁着，没合上。他断气的时候头往外一歪，那目光把这破屋子扫了一眼，像在寻找什么似的。也就是他嘴角那丝慈祥的笑意，使爷爷不忍心就这么把他绑在床上扔掉。还有这睁着的眼睛，该让翠婷来看一看，他八成也是想再看"闺女"一眼才没合上的。

半路上我爷爷就盘算好了，他想让地主家买口棺材，把干德大叔好好埋葬。

到了财主家，那个曾是他养父的地主老爷却说什么也不让他见翠婷，说她大后天就要出嫁了，不准见外人。

"他……死了，让她去看最后一眼。"我爷爷瞧着庭院中的枣树，小时候他曾爬上树去掏过鸟窝，捉过知了。

"谁死了？啊？"

"干德大叔。没合眼……"我爷爷又抬头瞧瞧廊檐，望着当年曾吊过他的那条横木，心里有点酸。

"这……干她什么事？啊？"

"算了。你买口棺材吧，老爷，我来埋。"我爷爷瞧着地主手上的那款漂亮的烟枪，头皮一阵发麻。他记得七岁那年，那杆烟枪曾敲过他的光光的脑门，那声音很响亮，我爷爷如今还能感觉到。

"亏你说得出口，我正筹办喜事，你却来报丧，啊？滚！"

"你知道，干德大叔为你家干了半辈子的粗活儿。"我爷爷望着亲过他的那张嘴，感觉现如今从里边吐出来的声音却污浊不堪。

"岂有此理！真是岂有此理，你……你快给我滚出去！"

"听着太太，干德大叔临死前还没忘记那些事。"我爷爷盯着太太那张亲过他也亲过干德大叔的小嘴，不慌不忙地说道。

太太的脸色顿时苍白起来，扭过身子对着地主说："老头子，我们……图个吉利吧，大后天孩子就要过河了，要是渡口上横着一具死尸……"

"这……"地主的嘴张了好半天才从牙缝里挤出这句话来，"给他点银子吧……真是倒霉透顶！"

我爷爷接住地主太太递过来的银两，他发现其中有一条沉甸甸的发亮的金子，他还觉得地主太太的目光在向他说着一句话，他懂她的意思。

"听着，多请几个人去，两天之内一定给我埋好，第三天我们要过渡。"

我爷爷用他那宽阔的背影回答他们。

六

这天是翠婷出嫁的日子，天刚蒙蒙亮，我爷爷就听到噼里啪啦的鞭炮声，断断续续地响着。整个河谷弥漫着爆竹那淡淡的香气。我爷爷小时候也放过鞭炮，那时财主家年年都买许多鞭炮，放得最隆重的要数大年三十晚上，庭院中挂着一串丈余长的鞭炮，那是由我爷爷点的。

自从跟干德大叔一起生活那年起，我爷爷再也没放过鞭炮。过年的时候，我爷爷就到河边砍来一小捆芦苇秆，放到火堆旁，抽出一根把它插进红烫的火灰里，不停地翻动着，待芦苇秆受火烤而膨胀起来了，就猛地抽出来，甩到石板上，啪！芦苇秆瞬间爆裂。那声响绝不亚于单只燃放的鞭炮，响声过后还飘起一股浓郁的带甜味的清香。

这几天过客大都是远近村镇的富贵人家，他们无疑是来喝翠婷的喜酒的。渡船时，我爷爷的心像猫爪子抓着一样难受，来客又稀稀拉拉的，这下来了三五个，等会儿又来五六人。后来我爷爷干脆躺倒不动，不管对岸来人怎么嚎叫他也不出茅屋，一直等到来够满满一船了，他才懒洋洋地出来开船。并且狠狠地勒令这些人给够每船五两银子，否则就要将他们翻下河去。开初这些人都嗷嗷地叫喊，抗拒着不给银子，可当我爷爷把船荡得船舷吃水的时候，吓得面如土色的地主老爷们才乖乖地交出了银子。

鞭炮声、猜马行令声一直延续到午后才稀落了些，这时候唢呐声几乎盖住了一切，伴着咚咚呛呛的鼓钹声，传到我爷爷的耳朵里，他心里一片荒凉。那唢呐声像荒山里鸣叫着的知了，枯燥无味。小时候小翠婷曾要他帮她捉知了。那一天太阳光很烈，庭院中的那棵枣树上有一只知了在拼命地叫喊，他把那只知了捉到了，它可怜巴巴地缩在他的手掌里，像要甜甜地睡去一样。四岁的翠婷高兴地拿来一个竹简，说要把它装在里边玩。不知为什么，他的手颤抖了一下，那只知了就趁机飞走了。

"你还我知了！呜呜呜……"

小翠婷哭开了，嚷着要他还她的知了。那年他七岁，七岁是最爱呆呆地望着天空幻想的年龄。他看到那只知了飞得很高，不知怎的，他真想和它一起飞走。

"呱！"

我爷爷那光光的脑门上突然传来一记悲壮的脆响，他怀疑脑袋被阳光晒裂了，那阳光却突然不见了，倒从眼里迸发出许多金星来，在他眼前闪烁着。他本能地在光脑门上摸了一下，那里突然间长出了一只短短的肉角，而且很疼，疼得不知道手指的触摸。等那些金星逐渐退去，阳光重新出现了的时候，我爷爷才看到地主那杆漂亮的烟枪在他头顶上得意地晃动。

我爷爷从篱笆缝里看到热闹的庞大的迎亲队伍向渡口这边开来了。前后都有一乘黑桥，中间才是大红的花轿，里边坐的无疑是新娘子翠婷了。

锣鼓声越来越近了，我爷爷清楚地看到迎亲队伍的尾端跟着一大群看热闹的村里人。男人大都两臂交叉抱在胸前，女的有的在纳鞋底，有的抱着个娃娃。

大红花轿离渡口不远了，我爷爷又听到从地底下传来的令人揪心的哭声，声音很细，像一股清冷的泉水在轻声喷涌，可我爷爷还是清楚地听到了。

大红花轿终于挨近我爷爷住着的茅棚了，那哭声此时堪与唢呐声媲美。我爷爷从床上一骨碌爬起来，招呼着他请来的三个都是年轻力壮的汉子准备好。

大红花轿终于抬到茅屋门口了。

"撑船的，快出来，我们要赶路！"地主威风地喊着。

"一，二，抬！"我爷爷大声一吼，四个汉子猫着的腰慢慢地直了起来，抬起了那口装着干德大叔的沉重的棺材，步伐稳健地走出了茅屋，让棺材和大红花轿并列着走。"我来啦，老爷！"

大红花轿里的哭声突然停住了，窗帘也不知什么时候掀了起来。我爷爷看见了翠婷那双哭得有点红肿的眼睛，从那熟悉的丹凤眼里流出的不解的目光，一直流到我爷爷的心底里，使他感到满意。

"干德大叔，你闺女给你哭丧来了！"他想这么说，可话仍在喉头卡着，吐不出，也咽不下，塞得喉咙有些疼痛。

这时敲锣打鼓的停下来了，三个吹唢呐的只有一个老的还在吹着，调子却变了，我爷爷听得出，那是专为死者吹的哀乐，声调苍凉凄切，催人泪下。

"啪！"

那个老吹鼓手吃了地主的两个响亮的巴掌，唢呐"咣当"一声掉到路上。随即，老吹鼓手的嘴角滴下了股红的血，他英勇地站着，血滴到唢呐管上，那只唢呐就像一只割了脖子的公鸡，歪躺在他怀里，可怜巴巴地哑了。周围的一切顿时都死一般的静寂。

"啪啪啪！"

我爷爷连吃了地主左右开弓的三巴掌。他觉得这三巴掌比老吹鼓手挨的响亮得多。他咬紧牙关，觉得口腔里流着一股带有腥味的热乎乎的液体，舌头上咸咸的。不一会儿口腔里就盛满了，他想吐出来，可不知为啥却全被咽到肚子里，又一下子变成一股辛辣的怒气往喉头上冒，但他忍着，不吭气。

"你吞了我的银子还来坏我的喜事，我今天非揍扁你不可。"地主暴跳如雷，"来人，把这小子给我绑了，扔到河里喂鱼！"

于是有四个大汉恶狠狠地逼向我爷爷。此时我爷爷雇来的三人已把棺材抬上了船。我爷爷操起竹篙，威风凛凛地立在船头，拉开了决一死战的架势。

"来吧，看是谁喂鱼！"我爷爷把嘴里的血喷了出来，就像吐出了一腔愤怒之火。

这时，地主太太赶忙凑到地主的跟前，说："使不得呀，老爷子，没他我们怎么过河？"

"你们放开他，别碰他！"翠婷突然叫喊起来，欲冲出轿门，但又被推了回去。

"谁打了他，我就撞死在轿里！呜呜——"她在轿里叫喊着哭了起来。

"这……唉！"地主双手反剪着，在船头来回地踱步，急得他满头是汗。

"罢了罢了。"不一会儿地主终于叫道，"听着，把我们渡过河去之后你就去埋那个死鬼吧。多给你几个赏钱！"

"对不起，老爷，等会就误了好时辰了。"我爷爷说着就要撑篙行船。

"我说老爷呀，"地主太太又说，"让那些轿夫去帮着埋死人吧，留他给我们撑船，这样等他们埋好了，我们也就过完河了，要不我们会误了拜堂时间的！"

"这……"地主双手一摊，"好吧好吧，便宜他了！"

不一会儿小黑轿就渡过去了，最后剩下大红花轿和一些送亲的人。

就在船头刚刚离开岸边的一刹那，没想到刚才挨打的那个老吹鼓手纵身一跃，跳回了岸上。他这一跃使船头离岸边更远了些。

"回来！你给我回来！"地主气急败坏地嚷嚷着，在船上直跺脚。

那个老吹鼓手头也不回地走了，并且双手高举唢呐，又吹响了刚才那曲苍凉凄切的哀乐……

大红花轿里又传来了凄怆的哭声，而且不知是拳头还是脑袋弄得轿里呼呼作响。我爷爷觉得那哭声很像那只飞走了的知了，声音凄切而孤单，最后就消失在陌生的天边了。

干德大叔就埋在渡口对岸的山脚下，那是我爷爷事先请来的风水先生选的。待人们都走光了，他才到坟地上来，盘腿坐在隆起的土包前，从口袋里掏出事先准备好的纸钱，一张一张地烧着，一直到太阳落了西山，他才回茅屋里去。

七

第三天，翠婷和他的"洋烟鬼"丈夫回门来了。他们在对岸从中午一直等到傍晚，"洋烟鬼"嗓子都喊哑了也没见我爷爷从茅屋里出来。这几天，我爷爷似乎大病了一场，他躺在床上已经三天三夜了，无论谁，无论怎么叫喊，他都没起来撑船。

傍晚时候，翠婷终于开口叫他了，在此之前她一直是沉默着的。我爷爷听到了，那声音很熟悉，但此时听来又有点陌生。

他心里想出去给她撑船了，可手脚却不听使唤，老起不来。这时翠婷唱起了一首忧伤的山歌。

天上下雨妹撑伞，

地下涨水妹无船；

情哥哎我的情哥，

做人做鬼妹都难！

　　我爷爷听了这忧伤无比的山歌后，反倒来劲了。他挣扎着坐了起来，这时肚子里咕噜噜地一阵叫唤，他才觉得饿极了，踉跄着走过去揭开锅盖，却发现那天地主家过渡时施舍的那些油炸食物已不知什么时候吃光了。他勒了勒裤带，蹒跚着走出了茅屋。

　　夕阳的余晖刺着他的眼，他觉得头晕眼花，看见水上的波光就像盛开着的遍地鲜花，红的白的紫的都有，似乎还飘来一股淡淡的香气。他把竹篙插到船头底下，再用肩膀顶住竹篙，一使劲儿，船就退入水中了，他顺手握紧竹篙，轻轻一跃，身子在空中划了一个漂亮的弧线，就轻轻地落在船头上。

　　"你这个穷鬼，老子还以为你上西天了呢！"那个"洋烟鬼"一边骂我爷爷，一边催轿夫快点抬轿上船，"快快快，你没骨头？"

　　翠婷从轿里拿下一包东西，送到我爷爷跟前，说："吃点东西吧，看你肚子瘪的……"

　　我爷爷一听到有吃的，口水都淌出来了，他用有点哆嗦的手打开那包东西。里面是香喷喷的油团、米花和他最爱吃的炒花生米，我爷爷便埋下头去狼吞虎咽起来。

　　"啪啪！"

　　"好哇，臭婊子，原来你还养着个野汉子！"翠婷丈夫的巴掌甩得不怎么响亮，可她的嘴角还是流出了一股股红的血丝，"怪不得晚上让老子干晾着……"

　　翠婷被她的丈夫推回轿里，于是轿里又传来了嘤嘤的哭泣

21

声。我爷爷又想起了那只哀鸣的知了。于是他瞪着一双血红的眼睛，跨到翠婷丈夫身边，一手抓着他的后衣领，一手抓着他的裤头，只轻轻一提，他就被举到我爷爷头顶上了。

"哎……你……你要干什么?"他四脚朝天，在空中乱蹬着慌恐地说。

"说! 今后不再打骂她!"我爷爷吼道。

"这……干你什么事……"

"快说! 要不你现在就得下河喂鱼去!"

"哦……好吧，我不打骂她了。"

我爷爷这才放了他，可这小子不知是晕了头还是船底太滑，竟扑通一声在船上跌了个面朝天，把船底那汪污水溅得老高。

翠婷掀开轿上的布帘看着这一切，笑了。我爷爷觉得她的脸就像一朵娇美而孤单的花朵，嘴角那殷红的血迹就像含露的花蕊。

八

屋外还是那瘦瘦的弱弱的月光。凄清地照着周围的一切。我爷爷早早地睡下了，迷迷糊糊地躺在床上，他听到茅屋顶上的茅草在撕咬着四月的春风。于是四月的春风在屋顶上凄切地哭泣。迷蒙中他又听到小草在偷偷地咬着地皮，那声音很细，可他听得清清楚楚，像细碎的春雨润入土里一样，响个不停。

不知过了多久，地底下突然传来一阵节奏很零乱的脚步声，是向着他这边响过来的，而且很快就响到门口了。

是小偷还是杀人的坏蛋? 要钱财没有，要命倒有一条，反正我活着没意思。最好别卡脖子，费我一番挣扎，你应该一刀下来，让我的头立刻落地，那才痛快哪，来吧！——我爷爷闭上了眼睛。

吱呀一声，门开了，他觉得漏进了一丝瘦瘦的弱弱的月光。接着是一丝冰凉的风，掠过我爷爷发烫的额头。脚步声却没了，门口那儿很静。

这时候，我爷爷的身上长出了细细的鸡皮疙瘩——他听人说过，下葬后的死人，他的魂第三天晚上要回一次家。有的从楼上往下跳，咚的一声响；有的在碗柜里乱翻一阵，弄得碗筷叮当作响；有的则重重地压在活人身上，连气都喘不过来……

脚步声这时候又响了，沙沙地很快就来到床前。我爷爷的心已提到了嗓子眼上，大气都不敢喘。

这时床前传来窸窸窣窣的声音。不一会儿停下来，被子被掀开了一角，顿时一股冷飕飕的风扑到我爷爷身上，直钻进他的心底里。于是他如同坠入了冰窟里一般，浑身血液似乎凝固了。一会儿，我爷爷觉得有双温暖的小手碰到了他的胸口，他的额头上又渗出了冰冷的汗珠。

死人怎么是温热的？他忍不住睁开了眼睛。借着朦胧的月光，他看到一张挂满泪水的美丽的脸，于是他惊呼起来。

"翠婷！"

"是我……"

"你……你怎么这样？"

"那个洋烟鬼……他不是个男人。"

"哦……"

"啊，船哥！你带我走吧，离开这里，到很远很远的地方去，你知道吗？我一直这么想……"

她这轻轻的召唤使我爷爷神魂颠倒了，他被压抑了多年的情感终于火山一样地爆发了……

于是她就成了我的奶奶。

事后，我爷爷把干德大叔和她妈妈的事告诉了她。她起初愣愣地盯着他，似乎不大相信是真的，后来终于哇的一声哭了起来。

"你怎么不早点告诉我？"

"他老人家在临死的时候才告诉我的。"

"所以你就在我出嫁那天……"

"是的，我想让他老人家下葬之前能得到你的眼泪。"

"可我当时不是为他而哭的呀！"

"都一样……"

"可怜的人啊……"

"我一直把他老人家当父亲看待。"

"可我……走吧，带我去向他老人家磕个头。"

"明天吧……"我爷爷舍不得放开她。

"不，现在就去！"我奶奶说着就起身穿衣服。

他们俩披着清瘦的月光走向河边。他没有去开大船的锁，而是带着奶奶去坐他和干德大叔晚间常用它去捉河龟的竹排。

"我们先去戳几只河龟。"我爷爷抱起我奶奶，将她放到竹排上。竹排中央有一块用短杉木拼拢成的干地方，像个床，我奶奶就坐在那里。

我爷爷和奶奶双双跪在干德大叔的坟前，把两只血淋淋的河龟当成祭品。河龟趴在坟前的石板上。它们的血还在流，在石板上溢向三个方向，在清瘦的月光下像三条暗红色的蛇，在石板上轻轻地蠕动。

当他们回到河边时，发现对岸有许多人影，已把那个茅屋团团围住。

"怎么回事?"我奶奶紧紧地抓着我爷爷的胳膊,心在呼呼直跳。

"别出声。"我爷爷把她拐进路旁的草丛里,让她坐在自己面前,再紧紧地搂着她。两人屏住了呼吸。

"臭婊子,快滚出来,我等着剥你的皮!"对岸传来了叫喊声。我奶奶听得出,叫嚷着的就是那个没用的家伙。

"快滚出来,要不统统把你们烧死在里面!"

"没人,大少爷,里边没人!"

"没人?我明明见她来这儿的。"

"真的没人!"

"烧!给我烧!"

"……"

不多久,对岸就腾起了冲天的火柱。我爷爷看见他住了十几个春秋的茅屋在烈火中呻吟着,摇晃着,心里既痛快又有点可惜。

九

我爷爷把我奶奶抱起来,一步一步走到河边,又将她搁到竹排上去。清瘦的月牙儿疲惫地挂到西山顶上时,我爷爷和奶奶的竹排已撞过了无数个河滩,驶入一段深深的大水潭里。我爷爷放下竹篙,坐到我奶奶身边来,任竹排在平静的河面上悠悠地漂着。

"唱个歌吧。"我爷爷提议道。

"唱什么歌哪?"我奶奶扭了扭身子,撒着娇。

"来首带劲的。"

"嗯嗯——"我奶奶清了清嗓子，唱了首《新婚夜》：

> 我那个亲亲的郎哎，
> 红烛瞎了你怎么不急?
> 窗外那个云叠云哎，
> 帐内白马唤郎骑……

我爷爷和奶奶恩爱了半夜，最后抱在一起睡着了。迷糊中，我爷爷又梦见了那个通红的月亮，他赶忙用双手去捧，这回他没费什么力气，就把它捧住了。他高兴得大笑起来，手舞足蹈，活脱脱回到了无忧无虑的童年时代。这月儿原来是软绵绵的，暖洋洋的。它的外表艳丽无比，光滑而红腻。他把它抱到怀里来，百般爱抚、万般柔情地亲吻着这一轮早就想得到的红月亮……

公 猫 轶 事

　　西隆镇中学由于三面环田，老鼠特别多。近年来更甚。每一入冬，老鼠们纷纷告别光秃秃的田野，拥进西隆中学校园，毫无顾忌地从阴沟里钻进宿舍内，这里打一洞，那里咬一口，干尽了坏事。深受其害的广大教职工无不恨之入骨。曾有人试图养过猫，但皆因如今猫价昂贵，少则百八十元一只，多则一二百元一只，甚至有几百元一只的。老师们收入不高，又没有额外的奖金收入，故对养猫之事就心有余而力不足，只好"望猫兴叹"了。后来有人实在忍无可忍，在校务会上率先提出公费养一只猫。说即使它捉不完老鼠，也能煞煞老鼠们的嚣张气焰，这是互惠互利之举，故猫食要采取挨家挨户摊派的办法。这主意不错，很快获得大多数人的支持与赞赏。年轻的校长也觉得可以一试。于是会议通过，并由老干事全权负责买猫。

　　这天，老干事头顶着烈日，拄着拐杖，拖着他那条残腿，一颠一颠地在崎岖的山路上行走。

　　老干事当兵的第二年便雄赳赳气昂昂地跨过了鸭绿江，并且把一截残腿丢在了朝鲜战场上。他还依稀记得那截飞天了的腿脚，脚背上长有一颗红痣。后来左脚没了，那颗红痣也就成了记忆中的东西。

老干事自从接受了买猫的任务后，曾连续几夜睡不着觉。

不能随便在街头上买一只回来了事，要买就买一只上等的，而且是公的。老干事对自己说，他就见过有些从街头上买回来的猫只会吃，养得胖，却不会捕鼠。听说二十几里外的苗寨有个养猫专业户，他家的猫非同寻常，是用家猫和野猫杂交而生殖的猫种，个头强悍而机灵，一夜能捕得半箩老鼠。老干事二话没说，天刚蒙蒙亮就背起一只黑布口袋上路了。

老干事毕竟老了，加上他腿脚不便，走到苗寨时已是下午两点多钟。

猫主这时候正在家门口的大树下乘凉。

"哎哟，老干事，是您呀！"户主赶忙从躺椅上站起来，扶着大汗淋漓、气喘吁吁的老干事坐下。他少年时曾在西隆中学念过书，认识老干事。

"我来跟你买只猫。"老干事也认出了户主杨聪明，挺放心地对他说。"你给我挑只好点的。"

杨聪明不敢怠慢，忙钻进猫房里。他很快拎来了一只笼子，笼子里有一只貌似小老虎的猫崽。

"多少钱？"老干事下意识地摸摸腰包。

"实话跟您说了吧！这猫不是一般的猫，再过个把月就能捕鼠了，有人要给我三百块钱我还不卖呢！可是您，一百块得了，拿去吧！"

"其实……"

老干事本想说明自己买的是"公猫"，但转念一想，觉得没必要，人家看在我的面上，能为单位节约两百块钱，也算是做了一件善事。老干事便毫不客气地抖开黑布口袋，将猫崽装进了袋子里，郑重其事地挂在胸前，高一脚低一脚地赶回来了。那只装着猫崽的黑袋子在他胸前晃来荡去的，就像《地雷战》里的人背挂地雷一样。民间买猫大都这样把猫装在黑布袋里拿回家的。说这样可以避免猫认得回头路，偷着跑回"娘家"。

学校大门内侧有间斗室，那便是老干事的栖身之地。

"公猫"买回来了，老师们便来看稀罕。

来的人都七嘴八舌，说什么的都有。知识分子嘛，好发议论，连这只猫也不放过。

手里总爱捧着一部武侠小说的古亦清老师，这时候用左手中指推了推鼻梁上的眼镜，不无忧虑地说："看它猫不猫虎不虎的，管用么？"

在古老师丧妻之前就爱围着他转的方小琴老师，这时候更大方地给了他一个媚眼，接着一唱一和道："就是！放着街上好好的家猫不买，却花大价钱去买这么个小老虎，学校可不是动物园哟！"

大家本来是看不惯方古之间那种不伦不类的黏糊劲儿的，但这时候却"是呀是呀"地附和着，甚至比他俩说得更难听的都有。总而言之，对老干事辛辛苦苦买回来的"价廉物美"的"公猫"的评价，褒的少而贬的多。

老干事不管对谁，都是善意地微笑，善意地解释："这猫非同寻常……再过个把月，它就能捕鼠了，一夜能捕半箩呢！"

可没人相信他。临走的时候，有人还给他扔下这么冷冰冰、硬邦邦的话："劳民伤财呀！劳民伤财……"

果真如此么？细细想来，老干事本身也有点心虚。因为他所作的解释都是听猫主杨聪明说的。试想，卖东西的谁不有意夸一夸自己的货？

由于大家对猫的前途存有疑虑，便纷纷谢绝摊派猫食。没法子，老干事只好自己认了。从此，他多了一项工作——养猫。他在报上看到过一篇文章，说猫之所以有"夜光眼"，是因为它爱吃鱼。于是他就经常到街市上去买鱼来喂它。更有甚者，老干事还亲自出任"教练"，一有空他就变换着设置目标，调教猫儿演练捉鼠本领。久而久之，老干事和"公猫"建立起一种超乎寻常的亲密关系。它夜间爱出没，不爱睡，经常在床头或是床尾那儿乱扑乱跳，搞得老干事睡都睡不安稳，可他从来没打过它一下。白天，老干事就把自己的铺盖卷成一个舒适的窝儿，让它睡在上面。

又到了端午节。老干事带上"公猫"，照例到山上去采苦艾草。老干事常年使用苦艾草熏蚊子。

一到山上，"公猫"便如虎归山一般，上蹿下跳，犹如一只真正的小老虎。还没等老干事割到艾草，它就在草丛里逮住了一只竹鼠。这使老干事大喜过望，苦艾也不采了，拎起竹鼠，招呼上"公猫"，一颠一颠地回校了。一回到学校，老干事逢人便笑着说："这猫可真有本事，看呐！连这么大的竹鼠它都能逮得住。"

可是，听的人大都一脸的淡漠，没有多少兴趣。有的说这猫又野又凶，像头野兽，大了还不咬人？有的则说可能它逮到的是一只受伤的竹鼠……

这事尽管得不到人们的承认和理解，可老干事心里还是踏实了许多。也就是说，杨聪明的话不可全信，可也不能不信。至少，这猫不是孬种！

这是个平常的周末晚上，天空中挂着一弯新月。那月光清新而朦胧。当凉丝丝的晚风拌着朦胧的月光爬上墙头的时候，方老师又搬来一把椅子，小心翼翼地放到天井的隔墙下边，然后又在椅子上叠一只凳子。如果有人有幸目睹这个情景，那他一定会发现方老师完全像个小女孩在自家天井里玩搭积木一样天真可爱。

方小琴现年三十二岁，是西隆中学的骨干教师之一，曾被评为县级先进教师。她人长得漂亮，就是作风有点泼辣。她的丈夫及孩子都远在 S 市，是典型的两地分居者。不知是干熬不住还是别的什么缘故，近来老爱越过只有一米八高的天井隔墙，进入隔壁的古老师家里。古老师则在接到方老师的击墙暗号之后，及时等在这边，把墙头上的方老师接下来。

古老师身强力壮，每次接到方老师之后都是横着抱住她，一直把她抱到自己的卧室。接下来的事不言而喻。他俩就这样秘密地"恩爱"了一夜又一夜，每回都是拂晓时分，古老师才又抱起身材一流，不很重也不很轻的方小琴老师，将她送上墙头……

古老师爱看武侠、侦破小说，觉得和方老师的每一次偷情都是一个够惊险、够刺激的情节。

常言说，天有不测之风云，今晚这事就出了点儿差错，导致整个事情败露。原因之一是古老师看书入了迷，听不到方老师那三下轻轻的叩墙声，所以古老师没能出来接方老师。原因之二，即主要原因：当方老师爬上墙头的时候，忽然发现墙头上端坐着一只小老虎，它的两只眼睛睁得贼大贼圆贼亮，还阴森森地"嗷"了一声。吓得方老师大叫一声，吓了一跳，一头栽到了古老师的天井里，当下失去了知觉。

方小琴的这一声惨叫和那很响的落地声惊动了古老师以及左邻右舍的人们。对此，人们普遍认为是方老师遭到了不测。

救人要紧！有人自告奋勇去撞开了她的房门，大伙跟着冲了进去。可里里外外上上下下都找不着方老师，大伙正在纳闷。突然，有人发现了隔墙下的椅子和凳子，即登了上去，往古老师那边一望。这人便惊呼道："在那！"接着翻过墙头，跳了下去。

人们紧随其后，都翻了过去。

正当人们围住方老师，扶起她惊呼乱喊的时候，只有古老师最平静。他右手还拿着一部武侠小说，习惯性地用左手中指推了推鼻梁上的眼镜，思索着问题所在。古老师很快发现了仍端坐在墙头上看热闹的小老虎。真是气不打一处来，他抄起一根棍棒便要砸它。可小老虎机敏得很，就在古老师举棒的刹那间，它纵身一跃，上了房顶，一溜烟逃走了。这时人们也同时看到了古老师的天井里有几只死老鼠。这下人们终于醒悟了，那只逃走了的不是什么小老虎，而是老干事精心调养的那只"公猫"！

当晚方老师被送进医院抢救，伤势挺重。左胳膊骨折，轻度脑震荡，头上被缝了八九针。

其实，方老师和古老师的云雨私情早已被"消息灵通人士"掌握了。据说古老师没丧妻之前，就已经跟方老师在野外幽会过。再加上方老师这一栽，便栽进了人们茶余饭后议论的中心。

却说方老师见纸包不住火了，一出院就和古老师合计好，主动向学校领导作了"深刻检讨"，并请求处分。结果，他俩除了各背回一次行政记大过处分外，方老师还被停止了填写一种表格的资格。

对这件事，方老师看来挺大度，过后也挺乐观，照样活得有滋有味，还常常拿出儿子及丈夫的照片看看，笑儿子"傻"，讥丈夫"呆"。相比之下，古老师倒显得有点沉郁。

大伙都没想到，那只几乎被遗忘了的"公猫"如今却是这样开始显示出它的非凡能力。虽然揭开方古私情纯属偶然，但人们习惯将这个"功劳"也记在"公猫"的账上。

往后，各家各户的天井里，甚至是校园里的许多角落，每天早晨都发现有几只死鼠被堆放在一处。若是捡起来放到一起，少说也有半箩，还不算吃进去的。人们便都知道，"公猫"确实非同一般。它的身价自此便翻了几番，普遍受到人们的称赞和器重。更有意思的是，从此以后各家各户都抢着喂它，而且争着喂上好的食物，为的是笼络它，让它多多惠顾于自己家。方老师和古老师也不例外，但奇怪的是，不管他俩喂多好的食物，它就是不吃。

如此过了一段时间，西隆中学的鼠害现象便杜绝了。学校因此而获得了爱国卫生运动委员会颁发的一块奖匾，校长郑重地将其高高挂在办公室的正面墙壁上，甚是醒目。

这又是个平常的周末。入夜，星光朦胧，晚风习习。劳累了一周的教师们，这时候大都在家门口坐着，边乘凉边侃国事家事。学生们则三三两两地在校园里散步，或做游戏。

突然，女生宿舍后面的旧防空洞前传来了抓坏蛋的呼喊声。那是个女学生在呼叫，声音很尖厉。

霎时，人们拿棍的拿棍，提菜刀的提菜刀，纷纷赶过去。

"坏蛋在哪？在哪？"人们急切地问。

那位刚受辱的女学生，此时正手忙脚乱地用被撕碎了的衣物遮羞，刚遮住上面，又露出下面，有点狼狈，但还是不忘记往西南方向的围墙上一指："在那里！"人们呼啦一声冲了过去。还是体育老师得力，就在坏蛋将要翻越墙头的一刹那，他奋力往上一跃，正好抓住坏蛋的脚腕子，再顺势往下一拉，这个色胆包天的家伙便"吧嗒"一声摔到在地上，束手就擒。

原来又是"公猫"坐在墙头上，它不仅目睹了这桩流氓强奸案发生的全过程，还把欲越墙逃跑的坏蛋给堵住了，因此被体育老师制服了。

又是"公猫"!

"了不得！了不得！"

"还聘什么校警，依我看，就这只'公猫'得了！"

——事后，人们各抒己见。

总而言之，"公猫"在人们的心目中已不再是猫，而是类似菩萨般的至尊之神。从此以后，人们更是以极大的热情去供奉它，敬仰着它，谈论着它。

这年的年三十晚上，人们还为争到"公猫"而差点干了架。因为人们都认为今晚有"公猫"光临寒舍，会预示着来年事业顺遂，生活安详。后来还是校长出面平了事端，"公猫"也就成了校长家的座上宾。

老干事这晚却一个人孤苦伶仃地扒拉了几口普通的饭菜，之后倒头睡了，没人在意他。

老干事这天晚上睡得很孤独，也睡得很安稳。没想到，半夜里他就这么安详地死在那张破床上。

老干事膝下无妻无儿，被匆匆地埋在学校对面的坡坎上。由于大家都忙着过节，没来得及立墓碑，以后又似乎给忘了。于是，那土质酥松的坟包在下过几场大雨之后，就被冲平了。好在那儿后来竟奇迹般地长出了一丛生得极茂盛的苦艾草。

就在这个春暖花开的季节里，西隆中学全校师生都似中了瘟疫一样，无精打采，萎靡不振，懒懒散散，哈欠连天。有些老师在课堂上讲课，边打着哈欠边讲，竟不知自己在讲什么，前言不搭后语。学生们更不成样子，东歪西倒地睡大觉。那些硬撑着的，也在困倦中不知不觉地频频向老师"点头"。课后作业也是一塌糊涂……

这些日子，一到晚上，"公猫"似乎已忘了捕鼠的天职，从这家屋顶跳到另一家屋顶,在校园内东奔西突,而且嗷嗷乱叫!

更可恶的是,它有时候整夜整夜地沿着校园的围墙,走到哪,叫到哪,一圈又一圈,一刻不停地转,不停地叫,一声比一声凄厉。弄得全校师生夜不能寐,岂不困哉!

方小琴老师近来常在"公猫"的叫唤声中暗自垂泪。按理她是该恨死这只"公猫"的。事实上她也曾恨过,甚至是谋划过要杀掉它。但当她知道"公猫"的叫唤,在为压抑着的野性动物的本能冲动得不到发泄而嚎叫的时候,她却开始同情它,原谅它了。

这天晚上,"公猫"又在她屋顶上哀哀地叫唤起来,方老师实在是忍不住了,便毅然决然地故伎重演,用手指背面的骨节轻轻地叩响久违了的墙壁,向古老师那边送去了他所熟悉的暗号。

古老师自然也是睡不着,他清楚地听到了。方老师的叩墙声声声敲打在他的心坎上,使他那颗沉睡了一段时间的春心又萌动了。但他有些顾虑,不急于用老办法回应,只是干咳了几声,表明他已听到了。

这边的方老师却痴心不改,仍继续轻轻地击叩着墙面。

古老师听出了她的执著。于是,他走到天井里学起了蛙鸣……

说来也怪,这段时间就数古老师和方老师最精神,失眠的瘟疫对他俩已不起什么作用,他俩倒活得比别人潇洒,自在。

然而,其他人却尚未从失眠的泥潭中爬出来,原因是"公猫"的嚎叫仍在继续,而且有愈演愈烈的迹象。年轻的校长终于醒悟过来了,觉得长此下去,西隆中学要垮的,责任重大呀!当晚,他不知从哪儿弄来了一只铁笼子,摆在操场上,并斩钉截铁地对师生们下令围捕"公猫"。而"公猫"呢,它仿佛看穿了人们的用意，便故意撒起野来——在屋顶的瓦片上乱趴乱踢，弄得瓦片如雪花般纷纷坠落……

这事惊动了正在校外巡逻的派出所所长，他是个急性子，冲进校园就拔出手枪，对着在屋顶上撒野的"公猫"瞄准。

可"公猫"却有如神助，就在所长要扣动扳机的瞬间，它纵身一跃，轻巧地落在了围墙墙头上。接着又不慌不忙地向众人抬起半只后腿，安然地撒了泡尿。之后又一跃，消失在野外的丛林里了。

就在人们快忘了"公猫"的时候，它却奇迹般地回来了。它除了毛长了点，精瘦了点之外，其余没太多的改变。结果上至校长下至教师和学生们都念及它以往的功劳，都对它动了恻隐之心，便又收留了它，还拿出好鱼好肉来款待它。"公猫"这会儿老实多了，整天只知道吃了睡，睡了又吃。没过多久，它就像打气筒打的一样长胖起来。到后来它竟长得快追上小豹子了，食量也大得惊人。但只是块头肥大而已，它昔日的机敏与威风全没了，而且极其懒惰，连老鼠在眼前走动也懒得去捉。基于此，人们对它又彻底失望了，便不再给它好鱼好肉吃，并渐渐的淡忘了它。

后来，"公猫"死在了一条臭水沟里，无人问津。

就在"公猫"死后不久，方小琴老师打了多年的调动报告终于有了结果，抛下情深意长的古老师，挺得意地调到 S 市去和家人团聚了。

上工地的日子

听姐姐说，妈妈生我的时候难产，她折腾了半天之后，我终于被邻居家的歪嘴接生婆倒拎起来，哇哇地大声哭着。妈妈却在我的哭声中燃尽了她最后一丝爱的火焰，永远地闭上了那双漂亮而善良的眼睛。

"那你们怎么不叫醒她？"当姐姐说到这里的时候，我就插嘴说道。

姐姐瞪着她那双美丽的大眼睛，盯了我好一会儿，嘴巴张着，却一副有苦难言的模样。后来她苦笑着说："弟，你还小呢，等你长大了，就什么都明白了。"

看着姐姐想哭的模样，我便很懂事地不再追问有关妈妈的事了。至于我幼儿时期的生活，也都是零零星星地从姐姐的嘴里听来的。原来，妈妈死后，是十岁的姐姐把我拉扯大的，我出生的时候，村上正好有三个女人坐月子，而且都是年轻妈妈。姐姐就抱着我去向她们讨奶水。那三个年轻妈妈可怜我们姐弟俩，所以都愿意给我喂奶，多数时候是一手抱着她的孩子，一手抱着我同时喂的。

姐姐因此而辍学了，在家里边带我边自习功课，据说以前她的功课很好，可是为了我这条小命，她却不能再上学了。

　　父亲原来在县中学教书，平时爱写文章，但血气方刚的父亲却因一篇文章惹下了大祸，进了监狱。他在我出生前逃出了监狱，趁天黑摸回家来和母亲说了半宿的话，下半夜他便匆匆离家出走，继续他的逃亡生涯。母亲和姐姐望着他那黑乎乎的背影消失在黑魆魆的夜幕中，虽然悲痛欲绝，但却只能手扳门框而不敢哭出声来。

　　父亲这一走就再也没了消息，至今仍不知其死活，也不知这事与妈妈的难产有没有关系。听说爷爷奶奶那辈子的日子也不好过，原因竟是奶奶长得太漂亮了，为此被匪首掠夺去做了压寨夫人。后来爷爷凭着他的神奇枪法，操着双枪孤身闯入匪穴，打死了几十号匪徒，救出了奶奶。但匪徒们不甘心失败，倾巢而出，围剿我爷爷奶奶，最后把他俩逼到了一处悬崖上。此时的他们都意识到只能求死而不能求生了，于是他们紧紧地拥抱在了一起，之后纵身一跳，两人就像秋风中的枯叶，坠入了万丈深渊……我父亲那会儿才三岁。

　　面对这个悲惨的故事，我用我那幼小的心灵感悟出了许多道理，其中一条便是：女人长得太漂亮会招来横祸！

　　偏巧，随着岁月的流逝，我姐姐竟出落成了美若天仙的少女！人们都说，姐姐继承了她奶奶的美貌，虽然穿得破烂，但却掩饰不住她的天生丽质。于是，小小的我最大的心愿便是尽快长成一个威武少年，以便拥有足够的力量保护好姐姐，若是有人胆敢欺侮我亲爱的姐姐，我便会像我的爷爷那样，和对方拼个你死我活！

一

1970 年，我八岁，姐姐十八岁。

那天早晨，老队长将他自己早已圈定好了的十九名青年男女召集到晒谷场上的那个土戏台前，其中就包括我们姐弟俩。接着他便给我们作出征前的总动员。

我从记事时起就跟着姐姐下地干活，无论刮风下雨，无论酷暑寒冬，都一直跟着她，因为我别无选择。所不同的是，姐姐有工分，而我没有，虽然有时候我也实实在在地为生产队干过一些活。比如说种玉米的时候，姐姐在前面刨坑，我就在她身后一脚高一脚低地点播玉米种子，还有与此类似的一些活，多了，但我一直是没有工分，我这条小命就只能靠姐姐的那点微薄的工分养着。后来不知是老队长良心发现还是我确实有功劳，他竟在一次队干会议上提议给我工分，而那些队干们竟也多数人举了手，通过了这个非同寻常的决议，即像我姐姐那样的正劳力每天七个工分，而我则是一个工分。虽然少了点，少得还不足以养活我自己，但我的付出已被那些善良的人们看见了，而且得到了肯定，我也就心满意足了。

为此，这会儿我得跟姐姐出征，哪怕他们走到天涯海角，我都只能跟着她。老队长清点了一下人数，十男八女，再加上我，一共十九人，一人未少。老队长便开始给我们作演说。他啰唆了半天，我才弄明白我们这拨人马是要上水库工地去的。我觉得老队长今天的演说特别诱人，这倒不是他的演讲功夫有了长进，而是他在演说中提到了"面条""饼干"之类的东西。说凡上工地去的人，国家给每人每天三毛钱的补助，此外还能吃上从北京运来的面条和饼干等东西，这对于时时处于饥饿状态的我来说，不啻是个伟大而美妙的福音……我盯着老队长那两片厚嘴唇在不停地上下翕动着，却听不清他在说什么了。他的嘴里不时有几星唾沫迸溅出来，仿佛是一只只饼干在他的嘴里被嚼碎，然后迸飞出的几星碎沫……我仿佛嗅到了饼干那诱人的香气，于是口水不由自主地淌了下来，恨不得马上一步跨到水库工地上去。虽然我还不知上工地的艰辛，但只要能吃到我梦寐以求的饼干和面条，就是粉身碎骨我也心甘！

按照文明社会的标准看，我这个年纪应该是上学校去学习知识的，但我不能。其实我上过学。那天，姐姐说我都七岁了，该上学读书了。还说她再苦再累也要供我上学读书。于是，她就把我送进了村里的学校。没想到这是我第一天上学，却也是我最后一天上学。那可是噩梦般的一天啊！不为别的，只因为我父亲的关系，那些根正苗红的贫下中农子女有一百个理由拿我开心，不把我当人看待。我记得清清楚楚，那天放学后，我捂着被打后肿得看不清路面的双眼，跌跌撞撞地回到家，姐姐把我紧紧地搂进怀里，再在我的头顶上洒下雨帘一般的辛酸之泪。我说："姐，你别哭，我能顶得住。"我当时心里的确是这么想的，为了读书，我认了！没想到这话却引来了姐姐更多的泪水。末了，她说："弟，以后你就不要去学校了，在家里学，我来教你。"我到这个时候才感到鼻子有点酸，想哭。于是把整个面孔都埋进了姐姐那温暖无比的怀里，感受着姐姐的怜爱。这并不奇怪，我从出生的那天起，就一直睡在她的怀里慢慢长大，在我眼里，姐姐就是我的妈妈。我们姐弟俩至今依然盖着父母结婚时盖的那床棉被，如今又破又硬，到了冬天，我就拼命地搂着她的脖子，再拼命地往她的怀里钻，以便取得足够的温暖。姐姐对于我来说，不是妈妈却胜似妈妈。

今天，我们这些要上工地的人不出集体工了，先是到队里的储备粮库领了每人三十斤的稻谷，之后便各自回家去做准备工作。

我们姐弟俩今天要做的事主要是舂米，姐姐那份三十斤，我这份才十斤。一共是四十斤稻谷，只够舂两臼。量虽不多，但这对于我们来说已经是够高兴的事了。要知道，队里的那个储备粮库可是"战备粮"啊，要动用该粮库的粮食非得公社书记批准不可。但这次据说是老队长自作主张开的粮库，因为属于队里所支配的粮食早已吃光了。

"……你们是代表我们村去为国家搞水利建设的，我不能让你们饿着肚子上工地修水利……"老队长有些慷慨激昂又有些悲壮地说。我平时最讨厌老队长的那只叫人烦的哨子，但觉得他这个人还是挺好的。这么想着，我便很自然地想起了我的父亲，如果他还活着，他也一定是一个慈父的，甚至比老队长还慈善呢！不是吗？这些年来就有好多个叔叔阿姨偷偷地打探着来到我家，自称是我父亲的学生，受过我父亲的教导和帮助。他们都无一例外地给我们送点钱，有的还送些衣物，所以我和姐姐身上穿的大多是这些捐来的不是很合身的衣物。我们姐弟俩的衣服虽然不多，但姐姐爱干净，姐弟俩换下来的衣服她从来不给过夜，当晚就洗。但奇怪的是，来的人都一个个地拒绝透露他们的姓名和工作单位。因此，我就更加想念您——我的从未谋面的父亲！为此，我半夜里不知道偷偷地流过多少次眼泪。后来姐姐知道了真相，便和我抱头痛哭起来……

姐姐把舂米的石臼扫干净后，就将半袋稻谷倒下去，接着双手紧握那根中间稍小而两头稍大的杵棒，抡圆胳膊，用杵棒的一端对准石臼里的糙米猛舂。和往常一样，我的任务是拣拾那些从石臼里飞溅出来的米粒，溅出几颗就捡回几颗，一颗也不能少。

"看我做什么？拣米呀！"姐姐这时候停下来，右手握着杵棒，左手叉着腰，佯装发怒对我吼道。

我嘿嘿笑着，认真地说道："姐，你舂米的动作就像跳舞，而且比舞台上演的好看多了。"

也许是我这句无忌的童言启发了她，后来还真当过一回民间舞蹈家的姐姐真的将其搬上了舞台。

"瞎说！"姐姐此刻又嗔怪道。

"真的！"我有些不被人认可的委屈，争辩道。

"好好好，依你，拣米吧！"姐姐向来宠爱我，从来没打骂过我。说完，她又抡起了杵棒。

傍晚时分，那四十斤稻谷已被我们舂好簸好。我的眼睛一直盯着它看，还不住地吞咽着口水。后来我看到那些白花花、香喷喷的米粒被姐姐倒进了口袋里，就在她准备扎紧袋口的时候，我便忍不住可怜巴巴地说："姐，我们煮一点吃吧……"

姐姐抬眼爱怜地看着我，不一会便泪花闪闪的，低下头去，松开了布袋口，说："拿只碗来。"

"毛主席万岁！"我情不自禁地喊了起来。

姐姐接过碗，从米袋子里舀出满满的一碗米粒，略一思忖之后，又用手指沿着碗口抹掉了一点，让米粒平着碗口；再一思忖，又用手指捏出一小撮米粒，将它们放回了口袋里，这才交给我，说："煮吧！"

"稀的还是硬的？"我又问道。

姐姐又看了我一眼，之后一咬牙，说："硬的！"

我便乐呵呵地开始刷锅头，淘米。平时，这些轻活儿都是我干的，重活儿就由姐姐来做。

吃饭的时候，我忙得头也不抬一下，直到我快要吃完时，发觉有一团米饭落入我的碗中，我才抬起头来看着姐姐，我发现她的眼眶里湿湿的，她没看我，只顾吃着她碗里的野菜。我当时是多么感激我的姐姐啊！心里想着，这团饭我不能吃，因为分饭的时候我已经分得比她的多了。可是，想归想，我最终的行动却是将那团米饭扒进了自己的嘴里，并且很快就吞了下去——毕竟，这么好吃的干饭我已经很久没能吃上了，平时都是稀饭拌野菜汤，吃得我有几次都拉不出屎来……

吃完了饭，我很响地打了一个久违了的饱嗝儿，之后很不好意思地盯着姐姐那秀美的鼻梁出神。此时正好有一缕夕阳的余晖照射到她的脸上，姐姐的脸庞因此而更加的妩媚和美丽。当我发现她的鼻梁上又渗出细粒的汗珠时，便意识到自己有一个表达歉意和爱她的理由，便起身去拿那张我们共用的脸巾来，替她轻轻地揩拭着热汗。姐姐这时候微微地仰起她那秀美的脸庞，迎合着我的动作。于是我揩拭得格外的认真，生怕出现哪怕是一丁点儿的闪失而让她感觉到不舒服。

"我们去游泳吧！"姐姐突然对我说道。

"真的?"我有点不敢相信，追问她道。

"真的。"姐姐点点头说。

我们村边流淌的这条河流叫驮娘江，是珠江水系的一条富饶而美丽的支流。平时我很少有机会去游泳，因为姐姐怕我出意外，看管得很严，除非她自己一起去游，否则我没有机会。此时听她这么一说，我那高兴的劲儿就甭提了。村边一共有两处天然的玩水场所，一处是在村尾，那里有一口很深的水潭，靠村边的左岸有一块美丽的沙滩，慢慢地斜入深水中，近滩处水比较浅，水流也比较平缓，所以那儿常是老人和小孩玩水的地方，而对岸的深水处则是青壮年男女玩水的地方。另一处是在村头，叫"恋人湾"，顾名思义就是村中恋人们玩水的地方。那儿有一个美丽的瀑布，瀑布下面的那段河流很奇特，因为河岸兀立着一块块巨大的岩石，每一块岩石挡住一个小水湾。村上的人们玩水时，男女老少都一样，浑身上下脱得精光，哪个穿着衣物玩水，反被视为有毛病的人。

我姐姐一直是带我到"恋人湾"玩水的，我们姐弟俩就占一个小水湾，非常清净。我六岁时姐姐就教会我游泳，后来我们时常比赛游泳，但一直到现在，我赢她的机会很少，而且赢的时候也是很勉强，我疑心那是姐姐为了不扫我的兴而"奖"给我的，她的水性实在是太好了，简直是一条美人鱼。

还没走到"恋人湾"，我就迫不及待地边走边脱衣服。姐姐先是笑我猴急，但却一件一件地接过我的衣物。一到"恋人湾"，我便一头插入清澈无比的河水中，非常惬意地享受着河水的爱抚。这时候，姐姐笑盈盈地慢慢走入水中，缓缓地向我走来。我仿佛看到一个美丽的仙女正踩着云朵在向我慢慢地靠近……

多年以后，我成了一名画家，而且是一个擅长人体油画的画家，每每有人问起我成为人体画家的缘由时，我都想到这个情景，而且将答案很肯定地定位在了这个情景上。我成名作的主体便是一个美丽的少女，其背景就是崎岖的河岸，再辅以如梦似幻的夕阳，整个画面都洋溢着美与丑、柔与刚、明与暗的鲜明对比，博得了观赏者的一致喝彩。

当时间老人蹒跚着脚步跨进了 21 世纪，也就是我写作此文之时，拍摄人体写真照片的女孩儿就像天上的星星一样多，年轻的女性拥有一本个人全裸图片写真集子已成为一种挡不住的时尚。我的两位在画界混得不怎么样的学院同学就是看准了这一商机，毅然辞掉公职去开影楼而发起财来的。年轻美貌的女孩将她们的青春胴体全部展露在他们面前，直言不讳：青春短暂，珍藏自己的一套写真照片将成为我回忆青春的最好方式，当自己老态龙钟时，拿出这个影集便可以告慰自己以及世间的人们——我曾经如此美丽！

令我欣慰的是，我没辜负我父亲的希望。那天晚上他对我妈妈说，以后我长大成人后，不要让我玩文学，走他和屈原的老路……我起初不明白这话的意思，但后来懂了。从而也了解到，当年偷偷到我家去的那些人当中，有一男一女已成长为全国知名作家。但他们成才的道路绝对是坎坷崎岖。有一年我在北京出席文代会，他俩双双找到我，第一句话便问："找到你父亲了吗？"见我摇着头，他们便感慨："恩师啊……"接着就久久说不出话来，只是一个劲儿地瞅着我，如同当年坐在书桌前望着讲台上的父亲一样，弄得我有些尴尬而惭愧。

二

那天，我们这拨人马走到天黑，才赶到一条不知名的公路边上。一到那儿，便有人传下话说，就地待命，会有汽车来接我们。

我们还能坐汽车？这一消息像颗石子，落入我那疲惫不堪的心之湖上，激起了几圈好奇的涟漪，但很快就恢复了平静。因为疲惫的我此时已靠在姐姐的行李包上睡着了。

不知过了多久，我被姐姐拥着叫醒。我迷迷糊糊地听到姐姐说："吃了饭再睡。"于是我便懵懵懂懂地喝着姐姐已端到唇边的一碗稀粥。喝完了，我便又沉沉地睡在了姐姐的臂弯里。

又不知过了多久，我再一次被姐姐叫醒，说汽车来了，马上要上车了。我努力地睁开睡眼惺忪的双眼，的确看到两个庞然大物大声地吼叫着在公路上调转屁股。

"妇女先上，妇女先上！"汽车还没停稳，便有一个留"小平头"的中年男子从车上跳下来，他左手提着一盏马灯，右手不停地向人群挥舞着说："男人靠一边去，等下一趟！"

借着这男人的灯光，我才看见公路边上挤满了人。后来才得知，这是我们全公社被抽调到工地去的全部人马，大约三百人。我这是第一次看见汽车，非常好奇，也非常激动，很想看个究竟。但是夜太黑，我没能看清楚，只是鼻腔里不时地嗅到一股股清香的汽油味儿，才感到汽车的存在。在我的想象中，汽车应该是全钢铁铸就的，也就是说，应该没有一块木头才是。我以前看到过的只有马拉车和运牛屎的独轮车。所以，此时我是多么想看个明白，以证实以前的想象啊，也多么希望那个提马灯的男人此时能用灯光照一照汽车，好让我看个究竟，可那个男人始终都是把灯光照在姑娘们的脸上，还晃来晃去的，像是在找他的什么人。在一片混乱当中，姑娘们争先恐后地把行李袋扔上汽车，人就像一群蚂蚁一样纷纷地往车上攀爬。有几个手脚笨一点的，眼看快爬到顶上了，却不知何故又像一只被人掐断了尾巴的壁虎，身子往后一仰，便掉回了地上，就呜呜哭。那些上了车的人却在笑，而且笑得有些放肆。我姐姐也不敢怠慢，将行李包往车上一甩，紧接着一弯腰把我背到了背上，再让我的双臂箍紧了她的脖子，双脚箍紧了她的腰杆，之后瞄准了个空儿，她便像一只母猴背着小猴那样，一蹿一蹿地往上爬，最后一翻身，人就到了车上了，简直没费吹灰之力。我不由得再一次敬佩起姐姐来，人家单身的还有爬不上来的，更何况她还背着八岁的我！

　　到了车上，姐姐把我放了下来，因为夜太黑，黑得伸手不见五指，我怕找不着她，便又把她拦腰抱住，只有这样我才感到安全。就在这时候，伴随着姑娘们的尖叫声、哭骂声和笑声，车子已缓缓地开动了，可车下还不断地有人在往上攀爬。车上的人可真挤，就像满满的一篓筷子，一根紧贴着另一根，而且随着车子的颠动而左倾右斜，相互挤压。人就像被关在闷葫芦里，而这个葫芦就像飘荡在浪尖上一样，一刻不停地摇晃着，颠簸着。于是，我就像摇篮里的婴儿一样，被摇昏了头，迷迷糊糊的，好想美美地睡上一觉。汽车继续颠簸着往前开进，人们也就东倒一阵，西歪一阵的，并开始有人在呕吐。有些人被呕吐物弄脏了衣服，刚骂了人家几句，她自己却也呕吐起来。好在我们姐弟俩一点都不反胃。没来之前听大人们说过，坐汽车时都会晕，呕吐。有的人一闻到汽油味儿就想吐了。可我到现在为止，依然觉得那汽油味儿好香，好香，就像是能喝似的。

　　天亮时我们到达了目的地，那里已事先到达了一大批人马，他们主要是在忙着砍树，搭建茅屋，整个工地生活区内人声鼎沸，炊烟袅袅。我们一下车，也很快融入到修建临时房屋的洪流当中。我的任务是看守行李，由于一天一夜的奔波劳碌，我又困又累，因此又靠在行李堆上睡着了。当姐姐把我叫醒的时候，太阳已升得老高了。她们纷纷拿起自己的行李，进入刚修建好的茅屋内。我也就跟着姐姐进入她们的屋子。这屋子呈长方形，中间竖着两根柱子，柱子上挂满了姑娘们的花花绿绿、各式各样的袋子。她们的床铺靠着四周的篱笆墙，一个挨着一个，一共八个。进屋后，姑娘们便压低声音哼着"哥呀妹呀"的山歌。她们就这么边哼唱边麻利地铺着各自的床铺，还不忘开心地损我几句。其中柳姑就这么吓唬我说："这是我们女人的房间，你一个男儿身不能跟我们睡在一起。"此话一出，立刻有人是呀是呀地附和，甚至是起哄。我可怜地争辩道："我还小呐。"

她们八个姐妹当中，年龄最小的是阿果姐，今年十六岁，是她们中唯一一个念到初中二年级的人，也许是因为这个，她不像柳姑她们那么粗俗，而是和我姐姐一样，属于文雅的那类人。

就在她们说说笑笑中，蚊帐挂起来了，床也铺好了。姐姐这时候一把抱起我，将我扔到床上去，说："睡吧！"

我在床上打了几个滚，觉得床垫软软的，用手压了压席子，席子下面传来沙沙的响声，我便明白是姐姐在席子下面垫了一层干稻草的缘故，因为在家里我们也是这么干的。这样的床铺，在劳动累坏了的时候，往床上一躺，那滋味简直是一种享受，很能解乏。我这时候往里边挪了挪身位，对姐姐说："姐，你也睡会儿吧！"

"不行，我们要开会。"姐姐说着便和其他人一起走出了茅屋。

我由于早上睡了一觉，此时不困了，便一个鲤鱼打挺，跳下床来，跟她们一起来到一块草坪上，席地而坐。会议的议题主要是选举我们村这个"青年突击队"的队长，之后由队长安排工作。呵呵，选举结果让我心跳不已，我那刚满十八岁的姐姐竟被大家一致推举为队长！好在我姐姐并不犹豫，她有条不紊地安排工作之后就宣布散会，吃饭。整个过程一点也不含糊，一点也不啰唆。因此，我觉得姐姐这个嫩队长比村里的老队长说话办事都利索多了。我被安排在了后勤组，其实就我和二棍哥两个人，其中二棍哥这个上工地的老油条，已在人们搭建屋子的时候提前进入了角色：搭灶台，烧火做饭。二棍哥是我们这个突击队中年纪最大的一个，都四十来岁的人了，如今还是光棍一条，讨不上老婆，所以人们就叫他二棍子。至于他的真实名字叫什么，就很少有人提及了，像我这些孩儿辈们根本就不知道，于是都跟人们管他叫"二棍哥"。据说二棍哥的爹娘也死得早，从小跟着只比他大两岁的姐姐生活，后来他姐姐结了婚成了家，他没地方可去，就跟着姐姐进了姐夫家，在姐夫家的伙房门边搭起一个小小的床铺，就住下了。从此他身在姐姐家，但经济上却是独立核算的，相当于无依无靠的五保户。

后来，二棍哥在水库工地的劳动当中，与一个姑娘产生了一段凄美的爱情。这个人就是我们村青年突击队中长得最丑的丫姐。丫姐的眼包有些臃肿，笑起来的时候，上下眼皮就眯成了一条缝，眼睛就不见了。她的鼻梁也是塌塌的，嘴巴又宽阔。总而言之，丫姐的整个模样儿有些傻。我不知道二棍哥怎么就偏偏喜欢上她，而不是喜欢漂亮的我姐姐或是柳姑她们。这一点我真的闹不明白。这段时间二棍哥常对我说："小兄弟，等着喝我们的喜酒吧，我就要讨她做老婆了！"每每这时，我都爱逗他说："你要我等到几时呀？我的口水都快流干了！"他总是说："快了快了，你没听见老队长说吗，凡是上工地的人，国家每天补助三毛钱！等到了年底，我就会有钱娶她了！"嘿！我以为他有什么攒钱的高招呢，谁知他却把理想寄托在老队长的空头支票上了。我们都来了几个月了，可一分钱都没能拿到手，我的心都凉了。就是要吃到饼干或是面条，也要用钱到指挥部那个代销店里买才能吃上，哪有老队长说的那么轻巧！可怜二棍哥哟，难得他的这份心思还热乎着呢！

我平时很爱听二棍哥讲故事，有时他边切菜边说，有时边淘米边说。总之，我们的工作性质是可以边聊边干的。但平时他讲的多半是些男女之间的奇闻轶事，我对此不感兴趣，老是催他讲

"三国"或是"水浒",可二棍哥仍然乐此不疲,真拿他没办法,或许他也不怎么懂吧。

在后来的日子里,其他的大姐姐们爱变着戏法,频频地向我施以小恩小惠,想让我陪她们一起睡。虽然饼干和糖果都很好吃,对于我来说很有诱惑力,但我也不想去,只想跟着姐姐。可是有一位姐姐却例外,她的床是最好看的,因为那套床上用品是她爹送她到公社中学念书时买给她的,所以现在蚊帐和床单都还很新,特别是那个绣花枕头,更是白得可爱。平时她又爱用香皂洗头、洗身子,因此她的床也最香。曾有几次,我趁她们不在时跳到她的床上,并在床上翻过来覆过去地嗅够了那份香气,才又滚下床来。这个姐姐就是阿果姐。以前她爹是村里派出去赶马车搞副业的,每月交给队里三十元钱,一来是买断他的口粮,二来这样能给队里直接进一些现金。剩下的钱就归他自己,所以他们家在当时算是比较殷实了,小日子过得比其他人都滋润。但好景不长,她爹出了事故,在县医院里抢救了三天三夜,最终命是保住了,但却落下了下肢终身瘫痪的残疾,他们一家就因此反欠了一笔债务,阿果姐也就因此而辍学了。

我只跟我姐姐和阿果姐两个人睡觉,因为只有她俩能教我学文化。我从小就对学文化有着浓厚的兴趣,因为我记住了父亲对我的希望。那天晚上父亲对姐姐说,他很惭愧,也很内疚,作为父亲,作为老师,却不能亲自教她和她未出生的弟弟或是妹妹读书,但他希望我们能努力读书,说到我们这一代当家的时候,应该是科学技术飞速发展的时代,没有知识绝对不行。但他同时又再三交代我们不要学文学,因为风云变幻,不会一帆风顺。还说我们长大后,具体要干什么,要根据自身的条件和情况而定,不要委屈了自己……

三

说是来修水库的，其实具体怎么干我一概不知，我姐姐她们也未必知道。我们只知道在每天的凌晨时分，一听到指挥部刘参谋那急促而嘹亮的哨子声，便恋恋不舍地离开温暖可爱的被窝，又开始了这一天的劳作，周而复始，驴子一样。

这儿应该说是一个美丽的峡谷，两岸有许多地方是悬崖峭壁。峭壁的颜色基本上是红、黄、黑、白几种颜色混杂，有深有浅，斑驳陆离。岩壁上还生长着一簇簇古怪的小灌木和一些野藤条，远远看去，就像是一幅幅美丽的壁画。峡谷的深处流淌着一条弯弯曲曲的小河，河水清澈明净，水质如同眼下流行的矿泉水，能直接饮用，无需加工。

工区是在最上方的谷口上，那儿河道比较窄。据说要在那里修建一堵挡水大坝，把小河拦腰斩断，让坝上面的库区蓄满水，形成一个人工湖。那水可以用来发电，也可以用来灌溉。工地的生活区是在坝址下方，那儿地势比较平缓，河道也比较宽阔，河的两岸都有梯田，民工们的茅屋就修建在南北两岸的梯田里，远远看去也颇有诗意。

我们老百姓住南岸，工地指挥部、物资站、代销店和医务室等官方机构都驻扎在北岸。其中指挥部地处最高一级，坐北朝南，居高临下，威风凛凛。那儿的主体建筑是三排简易平房，毫无疑问，最高一排是指挥部，第二排是代销店及医务室等机构，最低一级是一排仓库，内装各种施工物资。

刘参谋的真名叫刘仁开，原是解放军某部一个团的参谋长，老婆在我们县某村务农。他老婆在他出轨后认为他给她丢尽了脸，毅然和他离了婚，带走了大女儿刘淇，留下小女儿刘丹给他抚养。因此，这个工地上目前只有两个孩子，一个是五岁刘丹，另一个便是八岁的我。

刘参谋毕竟是军人出身，他很自然地就把部队里的工作作风带到了这个水库工地上。其实他是工地的副指挥长，指挥长是一位白发苍苍，面色红润的老者，但不显老，姓史，工地上的人都称他为"史老者"。"史老者"也是军人出身，曾参加过抗美援朝战争，当时是个工兵连长，架桥修堡垒的事他最熟悉了。其工作作风与刘参谋不谋而合，但多数时候他只是做一些幕后指挥工作，而把刘参谋推上了前台。恰巧刘参谋是个极爱表现自己，精力又极其旺盛的人，因此，这个工地上的方方面面实际上是刘参谋一手导演的。

刘参谋一开始就将我们三千多名民工兼民兵分成若干个营、连、排，再任命一批营长、连长和排长。我姐姐也因而一夜之间成了民兵营长，统帅着我们公社的全体民兵！这并不奇怪，因为我姐姐本来就很优秀嘛，奇怪的是同时被任命为连长以上的十个姑娘，个个都长得很标致，这就有选美的嫌疑了。往后就隔三岔五地大搞军事训练，一般情况下，除煮饭菜的后勤人员外，谁也不能幸免，就连下雨天也不放过。

"我在部队的时候就是专拣下雨天训练的！"刘参谋对着大伙训话说，"这才能达到练兵的目的，才能练出真本领，才能练出坚强的革命意志，才能更好地保卫我们伟大的祖国……"

每每训练归来，我姐姐她们一个个都像泥人似的，从头到脚都沾满了泥巴，非常辛苦。这还不算毒，最毒莫过于半夜紧急集合——清点人数这一招，大家心里最窝火，也最发怵的就是这一招，因为他往往选在最不应该起来的月黑风高的夜晚，待集合好队伍，点完名，训完话，就又解散了！弄得人们疲惫不堪，骂声不断。刘三谋（我们背地里都如此叫他）这一招连我也恨之入骨。首先是因为我们后勤人员同样也要起来参加排队，点名；其次，这也是我最最恨他，也最最不能容忍的一条，即每次集合的时候，刘三谋总是像个幽灵一样地飘到我姐姐面前，喊立正之后，他就借整军容之机，骚扰我姐姐，口里还假惺惺地叫她"立正"！其实我姐姐已经站得比谁都直了，他依然这样！每每看到这种丑恶无比的情景，我肺都要气炸了！牙齿咬得咯咯地响，小拳头也捏得渗出了汗水，恨不得冲上去当胸给他插上一刀子，让他立马倒地伸直！我的这股仇恨发展到后来就直接演变成了与他人合谋报复他的那件惊天大事，这是后话。

转眼已到了秋天，天气变凉了，半夜里都要盖棉被了。刘三谋依然对列队操练情有独钟，就这么练着练着，就练出了一件大事。

那是国庆节军体操练大比武的时候，刘三谋将三千多人的队伍浩浩荡荡地开到了一片"大寨田"里。那片"大寨田"活像个天然剧场，靠小河边的南端是一块宽阔而平整的刚刚收割过的稻田，活像个舞台；其北面是一大片逐级抬高地势的典型的"大寨田"，权当天然的观众席——那场景简直是鬼斧神工，巧夺天工。靠舞台的第一块"大寨田"被刘三谋指定为"主席台"，入座的都是县里来的头头脑脑人物，还有省里来的几位水利专家。第二级往后，是依次按公社排列，我们公社被安排在了主席台的后面，也就是第二级"大寨田"。当黑压压的一大片人马都站到了"大寨田"里，刘三谋便一声令下，大伙儿这才整整齐齐地席地而坐。你别小看席地而坐这一招，其实也够兄弟们练的，因为每次操练都少不了这一课，即大家在排好队之后，如果听到"坐下"的口令，便同时来一个小跳，趁身体还悬在空中时，两腿迅速前后交叉，等落地后，身子略往后靠，同时重心下落，最后是屁股着地。刚练的时候，确实闹了不少笑话，有的两腿交叉这一关都难过，不是两腿碰到一起就是交叉不到位，反把自己弄得人仰马翻。有的是重心掌握不好，屁股落地过猛，疼得咬牙咧嘴。而更多的是和我姐姐的遭遇一样，屁股落地的时候，恰好有颗石子等在那里，屁股疼得半个月睡不稳觉。

在此之前，刘三谋已安排好了参赛单位，即每个公社选派八十人的参赛队员，男女各四十人，从平时受训的先进分子中筛选出来。我们村的八位姑娘一并入选本公社阵容，这本是光荣之象，但后来事情却偏偏就出在这个"光荣之旅"当中。我们公社被安排在最后一场，刘三谋说，这是一场压轴戏。因为我公社这一阵容平时训练成绩最好，刘三谋所倾注的心血也最多，他也就对我们公社最信任，最满意。其实，他这是冲着我姐姐来的，他亲自任命我姐姐担任我公社这一阵容的领导者、指挥者。总之，为了我姐，他可是流尽心血也心甘，这也是后话。

终于轮到我公社上场了。我姐姐特意穿上刘三谋送给她的一套女军服。霎时，一个威风凛凛、飒爽英姿的"女兵"便呈现在人们眼前。赛场上立刻欢声雷动。要知道，所有参赛队员中只有我姐姐身穿军装，好不威武！在姐姐响亮的口令声中，八十人的队伍迈着整齐的步伐入场了，整个方队就像一块用利刃切出来的豆腐块，整齐得有棱有角，惹得主席台上的头头脑脑们面露笑容，交口称赞。

可是，好戏演到一半时，却鬼使神差地出了岔儿。原因是排在前排的女同胞当中，有一位因她那条打着补丁的裤子年老失修，裆部已不再结实，在蹲大叉腿马步时，突然"嘶"的一声，裤子开线了，她便是丫姐。

"哗——"

顿时，整个比赛场上笑声、掌声大作，特别是男同胞们，他们都站起了身子，伸长了脖子，瞪圆了眼珠子，比看比赛本身认真多了。

丫姐首先感到两腿之间一阵凉，愣了一下，几秒钟之后她才醒过神来，知道是怎么一回事。于是浑身的血液随即往上涌，脸上就腾地涨红起来，热辣辣的。等她完全清醒过来了，便"哇"的一声大哭起来，羞愤难当地飞奔出了比赛场地。

我们公社的比赛队伍也因此而乱了阵脚。前排因为缺了个丫姐，原来整齐的方阵，就好比一个美女缺了一颗门牙，显得美中不足。更重要的是，由于观众对丫姐事件反应过于强烈，整个比赛现场已乱成一锅粥。人们大笑着，蹦跳着，叫喊着，已处于失控状态……

经刘三谋精心策划几个月的这次军体操练大比武，就在这一片混乱当中收了场。那时候，西山顶上还残存着一抹夕阳的美丽余晖。

过后整个工地都在谈论这一爆炸性"新闻"，而且越传越神。二棍哥没有参与这场铺天盖地的谈论，他这些天来好像变了一个人似的，那张贫嘴紧紧闭着，不说一句话，人家问他什么事他也不作答，整天阴沉着脸，让人看了有些害怕。

事后丫姐一直哭个不停，第二天晚上，更确切地说应该是下半夜，她便失踪了。起初我们以为她是去小便，但一直到刘三谋的哨子响了，仍不见她回茅屋。这下我们都慌了神。我姐姐赶忙向刘三谋汇报，再征得他的特许，我们村全体队员都不出集体工了，而是分头去寻找丫姐。直到太阳从东边山顶上露出通红的笑脸的时候，我们才在一处悬崖底下发现了丫姐的尸体，那当然是二棍哥首先发现的。丫姐摔得很惨，简直是惨不忍睹。二棍哥抱起丫姐的尸体，人已泣不成声。之后就他一个人把丫姐抱回了工地，别人都帮不上忙。

"医生！医生！快救救她啊——"二棍哥双手托着丫姐，跪在医务室门前，对着那个饿虎张开大嘴似的黑洞洞的门口，声嘶力竭地呼喊道。

好一会儿，那个医生阿姨才懒洋洋地出来。只见她淡定地翻了一下丫姐的眼皮，就摇摇头说："没得救了……抬走吧……"

"求求你，快救她啊！她不能死！她不能死啊——"二棍哥此时已失去了理智，仍撕心裂肺地叫喊着。

"神经病！"医生阿姨的一只脚已经跨进了门槛里，另一只脚还搁在门外，嘴里嘟囔着这么一句。

这时，围观的人们也都看清楚了，丫姐的尸体都已经僵硬了。于是，大家都来劝二棍哥，叫他想开一点。但是二棍哥仍然死死地抱着丫姐，仍然哭着喊着，就是不肯离开。顿时，我们村的人都哭了。

丫姐最终被埋在了南面山坡上。当人们都离去了，二棍哥依然跪在丫姐的坟前哭泣，还不住地拿头去撞坟包，任由眼泪和鼻涕把坟包沾湿了一大片。面对这种从未见过的情景，我心酸极了，便抹着眼泪走过去，拉着二棍哥的手说："二棍哥，回去吧。"

二棍哥不理我，依然跪在那里，反而哭得更加伤心，弄得我不知所措。

这时，我姐姐也走了过来，她伸出双手扶住他的双肩，说："二棍哥，该回去了。"

二棍哥一向很听我姐姐的话，只要是我姐姐说的，他都不折不扣地去执行。此时也不例外，他乖得像个孩子一样，跟着我们走了，但还是三步一回头……

丫姐摔死的那个悬崖上有一条羊肠小道，从那条小道上走三天，可以走回我们村。所以，有关丫姐摔死的说法主要有两种，一种是说她要趁黑夜走回老家，结果不幸失足，从悬崖上掉下去的；一种则认为，她一个姑娘家，被几千人嘲笑，叫她怎么活下去？八成是因此而想不通，自己来这里寻短见的。但不管丫姐是怎么死的，反正从此以后，人们再也没有在公开场合里大谈她的事了。

四

转眼进入了隆冬时节，山野里的天气可真冷。我唯一的一件过冬衣服，是妈妈死后姐姐接着穿，现在又轮到我穿的那件花棉袄，由于年代久远，现在已是又破又硬，极不保暖。当我今年冬天第一次穿起这件破棉袄出去做事时，自己身上只穿一件破旧的人造革皮衣的二棍哥微微一笑，对我说："怎么，大男人也穿花衣服？"

要是在以前，我一定不会理睬二棍哥这张贫嘴的，但今天不同。自从丫姐死后，二棍哥这是第一次对别人微笑，所以我觉得他其实也怪不容易的，便接过他的话头说："二棍哥，你还是多关心自己吧，天冷着呢！"

是的，丫姐的死对二棍哥的打击实在是太大了，原本膀大腰圆的他，几个月下来却瘦了很多，眼睛也深深地凹陷进去了。总而言之，原本生龙活虎的他，如今却行尸走肉般活得没有一点儿生气和活力，更不用说做人的美满和幸福了。今天他能这么笑着损我，我反而有种慰藉感。

"谢谢你的关照，小伙子！"二棍哥伸了伸懒腰，说："去收米吧！"

这也是二棍哥第一次称我为小伙子。也许，他是觉得自己一天天地老了，而我却是一天天地长大，就要成为小伙子了，才这么说的。我心里既高兴又有些酸楚。但能有他这句话，我以前对他的一些成见也就打消一些了。于是我又像往常那样，提着一只袋子和一只小碗，去从各人床头上的米袋子里舀出一点，再将米袋子交给二棍哥。要是谁的米袋子空了，谁就是缺粮户，就得设法从家里再弄些米来。老队长说的"北京面条"我们从未见过。

天是越来越冷了，早上已开始出现了霜冻，对面坡上的树梢，还有枯草上面都结着一层白白的冰霜。太阳一照，又熔化掉了，很冷。二棍哥每天早上照例对着对面山坡上的那个坟包出一会儿神，这似乎是他近来养成的一种习惯。现在土包上也覆盖着一层白霜，远远望去，那坟包就像一只被人啃过一半又丢弃在野地里的馒头，既冷又硬。

由于冬天昼短夜长，而刘三谋的哨音却不分季节，都准时在早上五点半时尖声响起，民工们都是摸黑上工，往往干了个把钟头之后天才放亮，所以人们对这只哨子都恨之入骨，我和二棍哥更是憎恶到了极点。

二棍哥点燃了灶下的木柴，愤愤地说道："老子早晚要搞掉它！"

"搞他什么？"我凑到他的身边，烤着火，问道。

这时二棍哥扭过头来正视着我，说："小伙子，你等着瞧，老子就要给刘三谋一点颜色看看了！"

我一听说是对刘三谋"搞事"，便来了兴趣，催问他道："要

58

揍他一顿吗？我也盼望有这个机会。"

"不，"二棍哥这时不看我，而是盯着呼啦啦燃烧的火苗，说道："比这更妙！"

"是吗，我能帮你什么忙吗？"

"当然，这事儿非得你这小子帮忙不可。"

一听说我也有机会，我更高兴了，便又催他快说，到底怎么干。二棍哥压低嗓门，开始叙说出那个他蓄谋已久的行动计划。

"好！好！"听罢，我禁不住拍着小手连声说好。

接着二棍哥布置任务说："从现在开始，你不用干活了，找刘丹玩去；记住，要和她好好玩，别让她看出我们的用心！"

我一一答应了，并接过他递过来的一块钱的"活动经费"。等太阳从山顶上露出了红彤彤的笑脸，我便开始了整个计划的第一步。先是装着无所事事的样子，转悠到指挥部附近，寻找着我和二棍哥的共同目标。我的一双小眼睛在滴溜溜地转动，像一只大白天出来觅食的老鼠，既惶恐又按捺不住心中的欲望。我首先看到的是"史老者"，他正伏在办公桌上写着什么。再看旁边的代销店，看见卖东西的阿姨正和医生阿姨凑在一起烤火，说笑，她们都不在乎我这个孩子。于是，我慌乱的心情平静了一些，就径直走到代销店的窗台前，喊了一句："阿姨，我要买东西。"

里面的两个女人谈兴正浓，没理睬我，依然边笑着边谈论她们的话题。我在窗台前站了许久，也听了许久。原来她们谈的又是男女之间的故事，并且说得比二棍哥的真实而具体。

"阿姨，我要买东西！"我再一次叫道，声音明显比第一次高了一些。

"叫什么叫！不见我忙着吗？"那女人站起来，恶声恶气地冲着我吼道。

　　咦，这是什么道理？你明明是在烤火、吹牛，这也叫忙？那我们天还没亮就上工了又算什么？真是岂有此理！若不是我们要治一治刘三谋，这东西我肯定是不买了！大清早的，就受这些妇女的窝囊气！但想归想，我还是努力使自己和气些，对她说："我要买糖果和饼干。"说着递过去那一元钱。

　　"要多少？"她没好气地问。

　　"要完！"我赶忙闭着眼睛说。

　　我提着那一袋饼干和糖果，心里又有些茫然。上哪儿去找刘丹呢？我只好硬着头皮继续在那一带转悠。找了大半天，我还是一无所获。就在我快要绝望的时候，忽然看到远处的一堆细沙后面有一个红点，这个红点又点燃了我心中的希望。我朝着那个红点走过去。还好，那个红点正是我要找的人——刘丹。她正一个人闷着头在那里玩细纱。我走到了她的身边，将那袋东西放到沙堆的顶部——让它占领制高点——越是醒目越好，我想。

　　这时候，刘丹抬起头来看了看那袋东西，又看看我，没说话，只顾低下头去又玩她的。

　　看到她对那些东西一点儿都不动心，我有些泄气。但我并不着急，蹲下身子就开始掏挖泥沙。当我把沙洞掏挖到胳膊上方那么深时，刘丹便好奇地靠近我，说："你在干什么呀？"

　　"挖防空洞。"

　　"挖防空洞干什么呀？"

　　"等国民党的飞机来了，我们就进去躲。"

　　刘丹这时候嘻嘻笑着，说："你真逗！这么小的洞洞，我们……我们能进去吗？"

　　我心里暗喜，她的话里头有"我们"这个词了。于是我也笑了笑，继续说："我这不过是打比方嘛，国民党的飞机果真来的话，我们就在山上挖比这更大的防空洞。"说到这，我话锋一转，对她说："你一个人在这儿玩，闷吗？"

"闷。"刘丹说。

"那我们到小河边去玩吧，那里有沙滩，还有贝壳，很好玩的。"我强压着怦怦乱跳的心，进一步引诱她说。"肚子饿了，我们就吃糖果和饼干。"说着，我努着下巴指了指沙堆上的那袋东西。那时候的食品袋是透明的平口袋子，因此从外面看就可以看到那些诱人的花花绿绿的糖果和黄澄澄、香喷喷的饼干。

"好的。"单纯的刘丹爽快地答应了。

于是，我怀着一股从未有过的成就感，一路疯疯癫癫地领着刘丹，往小河边跑去。当我们走过我和二棍哥共同经营的灶台边时，我不露声色地朝二棍哥挤挤眼。二棍哥会意，并悄悄地朝我微笑着竖起了大拇指。这一股暗流，对于刘丹来说太深奥了，她当然不明白个中缘由。

从此，我白天和刘丹玩耍，晚上就和二棍哥共谋大事。二棍哥说："我们的计划已顺利实施了第一步，接下来是第二步，你还要随刘丹进入他们的屋里，察看屋里的摆设，还要摸清刘三谋的起居规律，之后我们再等待最好的时机下手。"

我说："行。"

五

由于二棍哥把活路全包了，这段时间我常常睡懒觉。像今天，我躺在阿果姐的床上，太阳都照屁股了，我才懒洋洋地爬起来，到小河边去洗脸。洗完脸，我抬头望了望通向指挥部的那条路，却仍未看到刘丹的影儿。我心底里不禁生出一股莫名的淡淡的惆怅情绪。经过一段时间的接触，刘丹已离不开我了，天天都主动来找我玩。我呢，当然也依恋她了。此时，一阵孤独无依之感悄然袭上我的心头，这是从来没有过的。还在村子里的时候，我都是跟大人们在一起，说的是大人话，干的也多半是大人的活，他们没怎么欺负我，有的人还暗地里帮我。倒是村里的那些不谙世事的小孩子们，他们都纷纷"维护"着自身的"纯洁"，从而狗眼看人低，我总跟他们玩不到一块儿去。现在与刘丹交往了一段时间，我感到自己恢复了一些儿童的天性，主要是产生了一些贪玩和依赖心理。我不知道这是一种幸福还是一种悲哀。

话说回来，我和刘丹玩归玩，但却一心二用，神不知鬼不觉地完成了二棍哥交给我的侦察任务。现在我一方面离不开刘丹，一方面又仇恨她的父亲。这种生活对于小小的我来说，未免太残酷了。我也觉得奇怪，小小的我怎么就能把刘丹父女的态度分开来对待，可对我们村里的孩儿们怎么就不会这样呢？

我呆想了一会儿，刘丹来了，她笑盈盈地唤了声"阿哥"，就没了下面的话。毕竟，我们都还太小，还不懂互相道歉这个礼。我也就赶忙应了一声，心里有点酸楚，又有点甜蜜。之后，我便拉着她的小手，跑到小河边的一片沙滩上。

"今天玩什么呀？"刘丹此时又偏着脑袋问我，以往也是这样，因为我玩的花样比她多得多，真可谓千变万化，在这方面她绝对依赖于我。

"我们画画吧！"望着眼前那平滑细软的沙滩，我突发奇想，对刘丹说道。

"画画？"刘丹有些迷惘地瞅着我说。

"对，画画！"我坚定地说道，随手捡起面前的一根小树枝，将之折成两节，自己拿一节，递给她一节。

"画什么呢？"刘丹和我并排跪在了沙滩上，面对着平滑的沙滩犯难。

"就画你最熟悉的东西！"我俨然是一位导师，竟不假思索地对幼小的刘丹说道。

"哦，我懂啦！"没想到刘丹也一下子来了"灵感"，笑着嚷道。

于是，我俩竹枝作笔，沙滩当纸，各自专注地画起来了。多年以后，刘丹也成了一名画家，人家问她："你的第一幅画是在哪里发表的？"她说："刊登在沙滩上了。"这回答弄得问的人一头雾水，好半天没反应过来。

"噢，我画完啰，我画完啰。"不一会儿，刘丹就得意地拍着小手叫嚷起来。

我扭过头去一看，不禁仰天大笑起来。应该说，我俩不谋而合，画的都是人体画，所不同的是，我画的是一位长发飘飘的女郎，双手挥舞着一根杵棒，对准面前的石臼，在做舂米的动作。多年以后，我也一直认为这是我发表的第一幅人物速写画，而且是那样的纯真，那样的美，那样的有价值，只可惜跟刘丹一样，发表错了地方。她画的是什么呢？原来是一个男人，这本身并不奇怪，她每天都跟她父亲睡在一块嘛。问题是，这男人长了三条腿！于是，我用手中的"画笔"指着那男人的第三条腿，笑着说："人只有两条腿，你怎么画成三条腿啦？"

"真的！"刘丹争辩道。"好吧好吧。"我对刘丹说："就要开饭了，你回去吧。"

经过我们的周密计划，报复行动很快就进入了实施阶段。

这天晚上，天一黑下来，我和二棍哥就分别按计划行动了。这个时候正是刘三谋到办公室去和指挥长以及其他工程技术人员开会的时间，我又和往常一样，准时来到刘三谋那间陈设简陋的宿舍里，教刘丹写字，这也是刘三谋本人的意思。拿他的话说，我是从奴隶到将军，不识几个字的。可这家伙真不是一盏省油的灯——最近竟没头没脑地向我姐姐表白，所以就假惺惺地讨好我，给了我许多特权。比如说，我要是想吃饼干之类的东西时，就可以直接叫卖货的阿姨拿给我，然后她自己记在刘三谋的账上。刘三谋自己便隔三差五地让我捎他那些情书给我姐姐，可我一封也没交到姐姐手上。当面我答应着，可背地里却趁上厕所之机，随手就将那些写着歪歪扭扭的字的信纸抹了屁股。

我今晚由于一心二用，所以神情有些紧张，好在刘丹的确太小，太单纯，她只顾趴在桌子上写字，根本没觉察到我神情上的一丝变化。按二棍哥的指示，我选择靠窗而立。当听到二棍哥在窗外发出暗号时，我便对刘丹说："有人叫开门，你快去。"

刘丹看都不看我一眼，只顾趿拉着鞋子，走了过去。她也许是太信任我了，或是来找她爸爸的女人太多了，习惯了。就在这时候，我迅速地抓起床头上的那只令人讨厌的哨子，迅速地交给猫腰蹲在窗外的二棍哥，之后又像没事儿一样，双手交叉在胸前，只等上了当的刘丹回来责问。刘丹走过去把门打开，没见着人，她并不死心，走到门外去看了看，确认无人了才趿拉着鞋子回来了。

"没人。"说着，又继续写字。

"大概是只老鼠。"我讪讪地说。

接下来，我依然教她写字。我的字写得很漂亮，是姐姐教我的，刘三谋也说过，我的字有一股书法的味道。如今我又在教刘丹，看她那认真的样子，将来一定也写得一手好字，我想。

当窗外的二棍哥又发出暗号时，我再一次对刘丹撒谎说：

"阿丹，快闭上你的眼睛，我要送一样东西给你。"

"什么东西？"刘丹抬头看着我说。

"你先把眼睛闭上。"我命令道。

当刘丹再一次上了当，乖乖地闭上眼睛时，我却迅速接过二棍哥从窗外递进来的哨子，又极快地将哨子放回了原处。等完成了这个重大任务之后，我才舒出了一口气，便调皮地走到桌前，把嘴凑过去，在刘丹那可爱的脸蛋上狠狠地亲了一口。

"你坏！"刘丹嘟囔了一句，接着一巴掌扫过来，我却极机灵地躲开了。

眼下，见时间差不多了，我便退出了刘三谋的宿舍。

没想到，干坏事的过程就这么简单，而且也顶有趣，甚至是浪漫有加！

六

这一夜，整个生活区的人们都睡得很沉稳，很香甜。夜半醒来，只听见南山脚下那条小河里的哗哗流水声，日夜奔流，永不停息。

第二天，民工们醒过来时，天都大亮了，却还没听到刘三谋那讨厌的哨音响起。这反常的举动让人们都疑惑地走出茅屋来，踮起脚尖往指挥部那儿张望，想看看那儿是不是被火烧光了或是遭了劫了，人们还不住地互相询问着："出了什么事了？"

就在这时候，从指挥部传来了口头通知：今日照常出工。于是，大伙儿便惶惶惑惑、议论纷纷地上了工。

一天过去了，指挥部那儿还很平静，像是什么事也没发生过似的。但是，那里越是平静，我心里越是害怕。所以，天一黑下来我就去找二棍哥。二棍哥便牵着我的手，钻进了芦苇丛里。接着，我们就在那儿举行了事后的第一次碰头会。

"二棍哥，我有些害怕。"我们并排坐下来后，我便开口说道。说完了，我也觉得自己有些窝囊，本来事前我还是雄心勃勃的，没想到事后却胆小如鼠，惶惶然牵着二棍哥的衣袖，像是准备拉去杀头似的。

"别怕，小伙子。"二棍哥伸出双手扶住我的肩头，安慰我说。"就是天塌下来了，有我替你撑着。"

可是，这天晚上我依然睡不着，老是想第二天早上会不会有哨子尖声响起，刘三谋是不是知道了事情的真相等等问题。说来也怪，那哨子天天在清晨五点半钟响起时，我们都厌恶得不行，可现在它真的不响了，心里却有些空落落的感觉，很像是缺少了什么，极不习惯。一直辗转到下半夜，我才迷糊地睡着了。醒来又是天亮时分，也依旧未见哨音响起。大伙儿也还是天亮了才起来洗脸，洗完脸，"史老者"又传下话说照常出工。于是，民工们又疑疑惑惑、议论纷纷地上了工。

等人们都走光了，我又跑到灶台边找到二棍哥，问道："你听到什么消息了吗？"

二棍哥说："还没呢，你别紧张，刘三谋这小子兴许是被我们整怕了，从此以后就不再早早地吹那玩意儿了。"

可是到了吃午饭的时候，整个工地上的气氛就有点不对劲了，大伙儿的情绪说变就变，都像野火一样烧到了各自的脸上，兴奋得脸儿都红红的。

我便不时听到了这样的传言："昨天早上五点半钟，刘三谋和往常一样，拿起哨子，一出门便使劲儿吹，可这回那只哨子只'咕噜'一声闷响，随即一股恶臭味儿扑鼻而来，稀大粪也随之喷了刘三谋一嘴一脸！嗨，真是过瘾！也不知是谁干的，要是知道了，我们杀年猪给他吃！"

听了这样的传闻，我一点儿都不觉得奇怪，因为那是真的，是我和二棍哥密谋多时才干出来的杰作，我倒是想了解一下刘三谋的反应怎么样，但却没人能提供这类信息，只听说从昨天早上到现在，都是"史老者"在指挥工作，刘三谋则去向不明。

虽然二棍哥劝我说："你得继续去找刘丹玩，否则刘三谋会产生怀疑的。"话是很在理，可我就是不敢再踏进刘三谋的宿舍之门。我有种不祥的预感，事情并未到此了结，按刘三谋的脾气，他绝对不会善罢甘休的。

可是，这天下午，当我迫于二棍哥的压力，硬着头皮去找刘丹玩时，看到一辆吉普车拖着一股浓烟，驶到指挥部门口便戛然停住。接着，我看到从车上跳下几个人。定睛一看，原来是刘三谋和几个身穿制服的公安人员！顿时，我吓得面如土色，忙借故对刘丹说："我有点儿不舒服，先回去了。"接着便撒腿跑回了住处，随即找到二棍哥，一把扯住他说："二棍哥，大事不好了！"

二棍哥一见我这副掉了魂似的模样，转过身来说："你这是遇见鬼了还是遭遇狼了？"

我便上气不接下气地将刚才看到的情景向他叙说了一遍。听罢，二棍哥又转过脸去，对着窗外，眺望着对面山坡上那座孤独的坟茔，陷入了久久的沉思……

我向来最害怕公安人员，一看到穿制服的人，特别是看到他们腰间那突兀的家伙，我的心就发怵。可今天真是越怕越见鬼，刚吃过晚饭，我就被那几个人给逮住了，他们像老鹰捉小鸡一样，把我拎到指挥部刘三谋的办公室里进行审问。

说来也怪，我没被抓之前，真可谓是惶惶不可终日，但是真被抓来了，却反而镇定下来了。面对刘三谋和公安们的威逼利诱，我毫不惧怕，也毫不动摇，态度坚如磐石，任他们怎么旁敲侧击，我始终是那句话："不知道。"

后来有个公安凶神恶煞地冲到我的面前，并以闪电般的动作给了我两个非常响亮的耳光，一边一个。小小的我便像墙头上的一株弱草，随着两记霹雳般的脆响，无助地倒向这边，接着又倒向了那边。刹那间，我觉得眼前金星乱坠，闪闪烁烁的，看得我眼都花了。于是我干脆闭上了眼睛。没想到这时金星却更多了，更闪亮了，我便有些晕眩起来。但潜意识里的信念却更加坚定了。如果说没挨打之前我还有些怯懦的话，那么，这两记响亮的耳刮子却让我第一次体验到了什么是坚贞不屈！

再后来，刘三谋见硬的不行，便来软的。他踱到我的身边，蹲下来，语重心长地诱导我说："你姐姐很爱你，我也非常的爱你们姐弟俩，这你是清楚的，现在你被抓了，你想想，她不知该有多焦急，连我也替你着急呐，你知道吗？说吧，谁是主谋？说出来了我们就放你走，因为你还是个孩子，肯定是受阶级敌人利诱的，说吧……再不说我们就连你姐姐也一块抓！"

刘三谋真不愧是参谋长出身，经他这么一番诱导，我真的有点动心了，特别是最后一句，他简直是捏住我的心尖说的！但我转念一想，不行，既然他们把主谋当成了"阶级敌人"，说出来了，二棍哥会遭殃的。再说了，刘三谋刚才不是说过吗？我毕竟还是个孩子，量他们也不会把我怎么样的。于是，我依然闭着嘴。

此时，办公室里的气氛又陡然紧张起来了，整个房间就像充满了火药味，哪怕闪现一丁点的火花，整个房间就会立刻爆炸一样。小小的我坐在一条长凳上，瑟缩在屋子的一角，那样儿肯定很像一只无奈的小刺猬！而对面是指挥部的工作人员，还有几个全副武装的公安，他们腰间都有令人发怵的家伙。而且，其中的一位再也沉不住气了，他已把腰间的家伙解了下来，"啪"地一声甩到了桌子上！这场景多么像一群大老虎把一只可怜的小狐狸逼到了一个死胡同里啊！我的力量是单薄了点儿，但到目前为止，我认为我还是占据了一个十分有利的地形，任他们怎么人多势众，任他们怎么轮番轰炸，可就是攻不上来！此时，我甚至是隐约感到了一种报复成功之后的满足感。

就在两军对垒，僵持不下的时候，办公室的门板突然间被人擂得呼呼作响。接着门外传来了二棍哥那视死如归的声音："开门开门！老子就是主谋！"

"哄——"

我这才发现，门窗外面挤满了看热闹的人，他们这时候都在叽叽喳喳地议论着什么。我只听出其中音贝较高的这几句："干得好，小兄弟！我们支持你，别怕！"

其中有一个人在伤心地哭泣，我听得出来，那就是我的好姐姐……

门开了。接下来是很顺利的审问，二棍哥什么都说了，也把所有的罪责都揽走了，我一下子成了一个多余的人了。二棍哥最后还不知天高地厚地用命令的口吻对公安说："放了这孩子，这事与他无关！"

事到如今，我又将自己对二棍哥的那些成见都消掉了，心里倒是填满了对他的前途和命运的担忧。

当我准备走人的时候，我才看清那个扇了我两耳光的，有点领导模样的人又站了起来，并拦住我，不让我走。从他那满口金牙的嘴里还迸出一大堆的理由。最后还是刘三谋出面打了圆场，我才得以恢复自由之身。那家伙在我临出门时，还用他那鹰鸷的眼光剜了我一眼，仿佛在说："小子，你小心点儿！"

这一夜，姐姐将我搂得比任何时候都紧，仿佛是怕我突然飞走似的。这一点很正常，但让我感激涕零的是，她只是叹了口气说："没了你，我可怎么向九泉之下的父母交代啊？"除此之外，她并没有责骂我，仿佛她也认同了我和二棍哥所做的事情似的，这一点倒是出乎我的意料。因此，我是多么爱我的姐姐啊！

七

二棍哥当晚就被关押在一间充满了呛鼻的霉味的仓库里。第二天早晨，从指挥部那儿传来了第一声高音喇叭的噪音，把全工地的人都从睡梦中吵醒了。接下来播出歌曲《东方红》，完了是刘三谋那如雷的嗓门，震得整个峡谷都在瑟瑟发抖。他首先是安排今天的劳动项目，此后便是有关二棍哥的消息，说："我们工地上冒出了一个罪该万死的反革命分子，他窝藏在我们贫下中农的队伍里，他来工地的目的就是破坏国家的水利建设事业，他就是我们的敌人，希望大家认清他的反动面目，跟他划清界限。"最后还说："为了杀一儆百，工地指挥部决定，先将他押在工地上批斗三天，之后才移交公安局，判大刑，入大狱……"

接下来他在说些什么我就听不清了，因为此时的我已气得七窍生烟，手脚乱抖——他这不是信口雌黄，乱扣帽子吗？早知是这样，我们何不如来个痛快的——杀了他！我愤愤地想着。

就在我们洗漱完毕，我姐姐也准备带领队员们上工时，刘三谋却牵着刘丹的手来到了我们门前，他首先对我姐姐说："二棍子已不能再给大家煮饭了，你另安排一个人搞后勤吧。"说话间，他那双鹰眼一刻也没离开过我姐姐那高耸的胸脯。我恨不得冲上去给他一拳，把他那双鹰眼打落了喂狗！刘三谋转而对我同时也是对我姐姐说："小弟弟，往后你就不要参加劳动了，你还是个孩子，应该上学才对，我已经跟离我们最近的东巴村小学联系好了，从今天起，你就带上刘丹，到学校上学去，学费你们不用担心，我全包了。"

此时，我那颗幼小的心不禁"咯噔"地震颤起来。我这不是在做梦吧？我还能读书吗？本来，读书一直是我的最大梦想，因为我喜欢读书，只是环境和条件不允许罢了。此时此刻，我心里盘算得最多的问题，是接不接受刘三谋的这个施舍的问题。要是别的，我是不会去考虑的，唯独读书这个问题，对我的吸引力实在是太大了。

当刘三谋正式问我去不去的时候，我却摇了摇头，虽然有些勉强。

在一旁的姐姐看穿了我的心思，立即走到我的跟前，伸手理了理我乱蓬蓬的头发，整了整我的衣领，像是对我，也像是对刘三谋，说道："阿爸当年临走的时候说过，无论如何都要让你读书，还说，我们中国人不是读书的人太多了，而是太少了，因此，未来的中国很需要高素质的人，你们……"

"好吧，姐，我去。"还没等姐姐说完，我就打断她说。

"这就对了。"姐姐仁爱地摸摸我的头，说道。

"你上午不要出工了。"刘三谋此时顶得意地对我姐姐说："我给你半天假，作为家长，我们该送他们到学校去，走吧！"

我姐姐也不推辞，领了这份情。看来她比我还珍惜我有书读这个机会。

起先刘三谋让我姐姐走在前面，他自己则紧紧跟在她的屁股后面，让我和刘丹慢慢跟在后面。才上到半山腰，我又发觉刘三谋的鹰眼一个劲地盯着我姐姐那圆滚滚的屁股。于是，我又开始耍机灵了，一屁股歪坐在路边，嘴里无病呻吟道："哎哟，我的脚……"

"怎么啦？"姐姐果然跑了过来，把我搂在怀里，伸手帮我揉脚。

我本来就没事，只要打破了刚才的秩序，我就更没事了，便从姐姐怀里跳将起来，说："好了，走吧。"

这回我让刘三谋开路，我和刘丹夹在中间，让姐姐断后。走着走着，我又发现刘三谋用鹰鸷的眼光不轻易地却是实实在在地剜了我一眼，我没理他，只管走我的路。

这个东巴小学原来是在水库库区内的，属淹没对象，所以在水库动工之前被搬迁到了离工地指挥部不远的一座山顶上。那里有个移民村，大概有三、四十户左右。学校地处村口，只有一个老师，却设有三个年级。我由于没上过正规学校，所以八岁的我只能跟五岁的刘丹读一年级，而且跟她同桌，这是刘丹自己选择的，她从小就不大合群，有些惧生。

我们放学回来吃饭时，民工们也陆陆续续地回来了。这时候，高音喇叭里开始播放音乐，先是一首《北京的金山上》，接着是《我挑担茶叶上北京》。之后就是刘三谋那雷公般的嗓门，说："今晚召开群众批斗大会，全体民工都要参加，不得缺席，缺席者以反革命罪论处。"还说："今晚主要是批斗反革命分子二棍子，另外，各公社要积极配合，揪出一名'四类分子'陪斗。"

一听说今晚要批斗我的难兄二棍哥，我便向姐姐请求一起去参加会议。姐姐眨巴着那双好看的眼睛，答应了我的请求。我主要是想看看刘三谋又给二棍哥扣上什么新的帽子。其次，有必要时还可以为他打打气，助助威。毕竟，他的"犯上作乱"，我算是帮凶。

批斗会会址就是那个"天然剧场"。等天一黑下来，"大寨田"里就坐满了黑压压一大片民工，第一块"大寨田"依然是主席台，只是"天然舞台"上的"演员们"却变成了以二棍哥为主角的一群"犯人"，舞台就是他们站立示众的地方。和上次军体操练比赛不同的是，舞台两边各亮着一盏大气灯，那雪白的灯光把犯人们的脸照得煞白，因而个个都像死过了一回似的。犯人们的胸前都挂着一块牌子，二棍哥的胸前也挂着一块大牌子，上面书写他的诸多罪名。其中"二棍子"三个字写得最大，再在上面打上一个红红的叉。根据以往经验，布告上的名字凡是打个红叉的，最终都要被杀头。想到这，我不禁浑身发冷，两腿哆嗦，仿佛要被枪毙的不是二棍哥，而是我自己一样。

这时候，只见主席台上的刘三谋站起身来，手拿一个台式麦克风，将缠绕着红绸的那一头对准嘴巴，高音喇叭里立刻传出他那雷公般的吼声："阶级弟兄们！今天我们批斗的主要敌人是二棍子，他犯下的滔天罪行大家已经清楚了，等一会儿大家要踊跃地狠狠地批斗他，面对我们的阶级敌人，我们不能心慈手软！下面，我先介绍一下其他的四类分子——李阿曼！"

"到！"长得肥头肥脑的李阿曼应道。

"出列！"刘三谋吼道。

李阿曼便走出了犯人堆，跟事先单独排在前面的二棍哥并肩站到了一起。他俩一胖一瘦，仿佛是登台准备说相声的一对演员。

"说，你犯的是什么罪！"刘三谋又吼道。

"报告首长，我没犯什么罪。"

"胡说！没犯罪拿你来干吗？"

"真的，我们公社原有的十八名'四类分子'都没来工地，我们队长说，我半夜里打的呼噜声太大，影响大伙儿睡觉，说这跟搞破坏差不多，就让我来代替'四类分子'的空缺……"

"哄——"民工们听罢，开心地笑了一阵。

"好好好！下一个——刘永茂！"

"到！"背有点驼的刘永茂应道，接着也像李阿曼那样，乖乖地走到二棍哥的另一边站定。

"说！你犯的是什么罪？"

"我……我……"

"我什么？快说！"

"我……前几天，偷看女人撒尿……"

"哄——"全场民工笑得更是开心了。

接下来的罪犯们所犯的"罪名"跟这位兄弟大同小异，因为各村在出发前都有意把"四类分子""雪藏"在家里了，主要是怕他们到工地上搞破坏。一言以蔽之，"四类分子"是不得参与诸如水库建设这类工作的。所以，为了完成一名"陪斗"任务，各公社只好如此这般了。等刘三谋一一介绍完毕，便转入主攻方向，即狠狠地批斗二棍哥。刘三谋这时候提着麦克风，走到"舞台"上，再转过身来，背对着犯人，面对着民工们。在他看来，这样才能煽动阶级弟兄们的阶级仇恨，同时也能显示他的权威。只见他左手握着麦克风，右手攥成拳头，猛地往天上一戳，同时吼到："打倒二棍子！"

"吧嗒——"二棍哥应声倒地。

"哄——"

刘三谋本以为民工们会跟着他齐声高喊"打倒二棍子"的，没想到却引来了他们的哄堂大笑，紧接着又是"哗啦啦"的鼓掌声。刘三谋觉得事有蹊跷，回头一看，方知是二棍哥倒在了地上。他立刻恼羞成怒，快步走上前去，老鹰抓小鸡似的提起二棍哥，吼叫道："谁叫你倒下啦？啊?!"

二棍哥装着一脸的无辜，说："你刚才喊打倒我，我不倒下还能站着吗?"

"哄——"众人笑得更厉害了，有的还高声喝起彩来。

"你……"刘三谋又想发火，但一时找不到词儿骂他。于是他狠狠地甩了二棍哥一巴掌，二棍哥立即像只陀螺那样在原地旋起圈来。

面对他们二人的"精彩表演"，众人又哄堂大笑起来，这回连我也笑了，但心里却装满了苦水，想吐，却怎么也吐不出来，憋得非常难受。

凛冽的寒风依然呼呼地吹着，二棍哥他们这些犯人便一个个瑟缩在刺骨的寒风里，如同被树枝抛弃了的一片片枯叶，零落在冷冰冰的泥地里。

"打倒反革命分子——"刘三谋这一回学乖了，他退到一旁去，斜着身子站着，既能看清台上的犯人，又能看清台下的民工们，又振臂高呼道。

"打到反革命分子——"众人稀稀拉拉地应了一回。

"报告首长!"二棍哥这时候又要发表他的高论了，说："我这辈子只有身上这一件人造革皮衣，你看好了没有? 我没穿反呀!"

"哄——"

众人此时炸开了锅，有很过瘾地大笑的，有热烈地鼓掌的，有高声地叫喊"再来一个"的。总之，批斗会全没了秩序，倒像是在观看马戏团的小丑表演。而二棍哥今晚的出色"演技"，着实能给死气沉沉的工地带来一些苦涩的欢乐。要知道，这里聚集着的是全县三千多名热血青年啊，以往那压抑的气氛与这些青年人的本性毫不相符，甚至是背道而驰！所以，眼下二棍哥的即兴发挥，就像星星之火，一经点燃，便有燎原之势。

"你这杂种！"刘三谋又快步走到二棍哥面前，叫道："你这辈子有几个女人？快说！党的政策是坦白从宽，抗拒从严！"

"女人？"二棍哥此时脸上洋溢着一丝苦涩的笑，说道："多了，但还是没你的多……"

"唬唬——哈哈！"众人的笑声这时候变得更加的放肆和暧昧。

"反了！反了！"刘三谋说完，便用他那只曾经苦练过杀敌本领，打坏过几个沙袋的拳头，对准二棍哥的右眼，来了个重重的"右勾拳"，瘦弱的二棍哥猛地被掀起来，然后又重重地摔在了地上。当他又被刘三谋提起来的时候，他的右眼不见了，取而代之的是一块黑乎乎的肿包……

批斗会就在人们的嬉笑怒骂声中结束了。我总觉得，今晚出现了一个英雄人物，这个人物不是指挥这场闹剧的刘三谋，而是他——我的难兄二棍哥。至此，我以往对他的所有成见都被他今晚的杰出表现一扫而光了。要知道，我已进入了崇拜英雄人物的年龄。

八

其实，二棍哥还真当过一回真心英雄。

在我们这个水库工地上，曾出现过许多"另类"英雄，二棍哥就是其中一位。之所以说是"另类"，是因为我觉得这年月的人们，从思想上到实际行动上，都有些不可思议，似乎脑袋都出了点问题，都疯了似的荒诞不经。比如社会上，读书的不好好念书，交了白卷还成了"白卷英雄"。工地上，有的专挑个大太阳天，不穿衣服保护皮肤，光着膀子任由太阳暴晒，皮肤黑里透红，最后起了泡泡出了血；渴了也不喝水补充水分，任由汗水流干，最终中暑晕倒在工地上，差点送了性命，这也成了"劳动标兵"。有的故意脱掉鞋子，光着脚丫直接踩在那些被炸药炸开的带锋利刃边的石堆里，来回挑担子搬运土石方，最终两脚板弄得血肉模糊，患了破伤风丢了性命，此人却成了"劳动英雄"。有的在水库坝底挖深基运土石方时，不量力挑担，为逞英雄，非要一次挑起比自身重量重两倍甚至三倍以上的担子，结果还没上到深基坑口，人就腰骨断裂滚回坑底，从此成了废人，只能弯腰走路，不能干重活了，却也成了"劳动模范"！

二棍哥是新近冒出的"冬季会战英雄"，而这个英雄是被逼出来的。我姐姐领导的这个大队，从来不提倡那种只图虚名而冒死蛮干的做法，但是在这个工地上，几乎所有的大队都拥有了自己的所谓"英雄"或者"标兵"了，唯独我们没有。所以被刘三谋点了名，要求在冬季大会战中一定要出现一个英雄人物。我姐姐却一次次借故放弃了机会，不让自己手下的人因图虚名而遭殃。最终，还是刘三谋亲自出马，在坝底深基坑内摆开了"冬季会战英雄"主战场。就是要求在冰冷的，有三米深的水里捞起那些被炸药炸开了的石头，在一定时间内谁捞得最多谁就是这个"冬季会战英雄"。他还煞有介事地事先让宣传干事拉起了鲜艳的横幅，再招呼众人前来围观，好让我姐姐手下的人出名出得"名副其实"。据说他事先了解到我们村的人个个都是游泳潜水好手，就连我姐姐的水性也是上乘的，这个水下英雄出在我们村应该不成问题了，实际上他也跟我姐姐这样说过的。

而让谁去担当这个"先锋"呢？为此姐姐犯难了。她曾一度自告奋勇，下水一搏，因为她从来都想在危急时刻身先士卒，实在不忍心让别人去冒险。但刘三谋不让她亲自出马参赛。还为姐姐推荐二棍哥，说你看他虎背熊腰，大冷天都只穿一件单衣就能过冬，耐寒性特棒。姐姐也只好硬着头皮说，那就试试看吧。她去找二棍哥谈心的时候，还特意叫上丫姐一起去，因为她早就觉察出她俩有意思。结果二棍哥眼睛看着我姐姐，心却向着丫姐，二话没说，爽快地答应了。

等到刘三谋的哨子声尖利地响起，比赛就开始了。十八条汉子鱼贯而入，哗啦啦地在水里忙碌开了。有的水性不好，一头插下去之后，怎么扑腾也潜不到水底里去，屁股还在水面上一沉一浮的，弄得岸上的人们笑得脸都通红了，这些人自然是捞不着石头的。有的虽然潜到水底里，但水性不怎么好，还没摸到石头就又憋不住气浮上水面来，大口大口地喘着粗气。他们个个冷得下巴直打战，上下牙齿互相敲击，嗒嗒作响，这类人注定是捞不出足够的石头了。再看看二棍哥，在我们的加油声浪中，他每次潜入水底，都是两手各捧着一块石头出水的，还懂得借着水的浮力，不让石头露出水面，将它们拐到岸边才一块块地扔到岸上。丫姐这时候眼睛眯成了一条缝，忙着跟我姐姐帮二棍哥码着岸上的石头。

只半个钟头功夫，就淘汰了一半的参赛人员。再一个钟头过去，又有几个人冻僵了，被人们七手八脚地抬出了深基坑口。最后只剩下三个人坚持到底，其中就包括我们村的英雄二棍哥。到最后，另外两个人也冻僵了，有一个还差点被淹死在水里，要不是二棍哥及时伸手相救，他恐怕就没命了。而此时的二棍哥还意犹未尽，救人之后竟返身又下水去摸石头，结果被我姐姐喝住了，她大声叫喊着："行了二棍哥，你赢了，快上岸吧！"

二棍哥这才双手在湿漉漉的脸上抹了一把，咧嘴笑了。之后来一个潇洒的蛙泳动作，回到岸边来了。二棍哥上岸的时候，丫姐羞红了脸，她转过身去，眼睛又眯成了一条缝隙……

就是这一次机会，让丫姐彻底地爱上了二棍哥。而二棍哥也因此得了重度感冒，高烧四十一度，身子粘在床上半月下不了床。而他的这个冠军头衔，换来的奖赏仅仅是两把面条。这竟也是破了纪录的，往时的所谓"英雄""标兵"或者"模范"，都只是一纸奖状了事。

这天晚上，姐姐和丫姐为二棍哥煮好了一碗热气腾腾的面条，让我端到他床头去叫他吃。我由于深夜犯困，迷迷糊糊的双手接过那只有些烫手的大海碗，梦游一般地走进他们的茅屋。结果我刚一进门，就踩在了一颗圆圆的卵石上，跄跄着滑行了几步，最终吧嗒一声摔倒了，只听到哗啦一声，那碗珍贵的面条就撒了一地！

二棍哥原本好些天都起不了身子，可这时候不知从哪里借来了一股神力，竟翻身滚下床来，双膝跪地，双手也趴在地上，努着嘴巴，猪吃食一般，一根根地吸取地上的面条，再吞进肚子里去。直到吸光了地上的面条，他才一屁股坐在地上，喘着粗气，说："谢谢你，小兄弟！"

我愧疚难当，一直趴在地上没敢起身。这时候嚅嚅地对他说："对不起，二棍哥，我犯困，没站稳。"

二棍哥这时候将手伸向我，意思是要把我拉起来，可我觉得不能再浪费他的力气了，便自行坐了起来。

二棍哥说："回去睡吧，记得替我向你姐姐道声谢。"

我出来后，心里想着，二棍哥这话应该是叫我替他谢谢丫姐的，于是我径直走到丫姐床前，说："二棍哥叫我替他谢谢你。"

丫姐应道："哦，他好些了吗？"

我说："好多了。"

九

第二天，刘三谋又想出了批斗二棍哥的新招。他找来一根长长的绳子，先用绳子的中段在二棍哥的脖子上缠绕几圈，打上结，再用绳子的两端分别捆住二棍哥的两只胳膊，只让他的胳膊肘以下部分能活动，即只能吃喝拉撒，而不能有太强的攻击力和飞速逃跑的能力。这种捆绑法以前我从未见识过，如今可是开了眼界了。这样的造型，真像是给二棍哥穿上了一件特殊的"马甲"，很新鲜，也很滑稽。如此"打扮"完了二棍哥，刘三谋又递给二棍哥一面锣，一根锣杵。之后又在二棍哥的背后另绑了一根绳子，他自己就紧跟在二棍哥后面牵着那根绳子，周游在工地上的各个工区。每到一个工区，刘三谋都让二棍哥敲几下锣，还让人们停下手头的活计，倾听二棍哥坦白自己的"罪行"。

二棍哥由于只剩下一只眼睛可使，所以走在坑坑洼洼的工地上时，就像一个醉汉一样，东倒西歪。刘三谋则一个劲儿地在他的后面骂他："笨蛋，走快点！"

午饭后，我和姐姐又到关押二棍哥的仓库里给他送饭。自从二棍哥被关押起来之后，我们一直这样。去之前，姐姐让我到二棍哥的床头上取来他的那只唯一的布袋子，说是二棍哥交代她捎给他的，里面是他要换洗的衣服，那布袋子上打着一个补丁，我疑心那是丫姐的杰作。我和姐姐本是为他做件好事，给无依无靠的二棍哥送去一丝温暖，可谁会想到，我们这一送却无意中把二棍哥送上了不归路！

当姐姐把那袋东西交给二棍哥的时候，我不经意间察觉到他脸上带有一丝紧张的神色，而且慌忙把那袋东西迅速地垫到了自己屁股下面，之后才讪讪地笑着对姐姐说："谢谢你，队长！"

吃完了饭，二棍哥抹了抹嘴吧，眨巴着他那只肿胀了的右眼，毕恭毕敬地对着只有十八岁的姐姐说："队长，谢谢你对我的关怀和照顾，只可惜，我这辈子怕是没机会报答你的恩德了……"

姐姐说："哪儿的话，我们乡里乡亲的，别那么客气，况且，你再忍一忍，事情就会过去的。"

二棍哥此时似乎已胸有成竹，说道："不可能了……其实，丫丫死后，我的心也跟着死了，再活下去也没多大意思……我要是有个三长两短的话，队长，明年清明节时，请你替我为丫丫扫扫墓……"

姐姐打断他说："二棍哥！别说那泄气的话好吗？"

二棍哥苦笑了一下，说："行……可是，我这辈子活了四十多岁，也该知足了，冤只冤在……都这把年纪了，连女人的真正滋味都没闻到过……大妹子，也许我不该这么求你，但是……我这辈子只求你这一回……你……能给我吻一下吗？"

姐姐的眼睛湿润了，带着明显的哭腔叫道："二棍哥……"

接着，她大方地凑上去，把漂亮无比的脸蛋贴近了二棍哥的脸，那意思是让二棍哥自己挑选吻的部位。我本以为二棍哥此时会毫不犹豫地亲她的樱桃小嘴，或是她的粉嫩无比的脸颊的，没想到他只是在姐姐那光洁鲜亮的额头上嗅了嗅，之后小心翼翼地亲了一口，然后闭上眼睛，似乎在回味那个味道……

末了，眯着眼睛的二棍哥抖抖索索地举起双手，摸摸索索地欲抚摸姐姐的乳房。但在正要碰上的一刹那，他又像泄了气的皮球，垂下了双手。

可惜，这一段人世间难能可贵的真情流露却只持续了几秒钟，就被刘三谋无情地斩断了。

傍晚，我刚放学回来，就看到我们村男民工的门前围着许多人，似曾相识的场景令我大吃一惊，心想，是不是二棍哥真的想不开了？我赶忙从人群的缝隙中钻了进去，展现在我眼前的果然是一具已经蒙上了白布的尸体！我忙问身边的人："是二棍哥吗?""是的。"他们异口同声地回答道。我当即两腿一软，扑通一声跪在了尸体旁，之后就再也撑不住自己了，"哇"的一声哭叫，便晕了过去……

后来我才知道，下午二棍哥又被拉出去示众、游斗。还听说上午只游了一半的工区，二棍哥就躺倒不走了，任凭刘三谋怎么打他骂他，他也不起来。所以，下午又被拉出去继续游斗。谁也没想到，午饭后二棍哥赚了我姐姐一吻之后，下午他就像变了另一人似的，自动地一个工区一个工区地走，把锣声敲得比任何时候都响亮。而且走到哪儿，都是滔滔不绝地说出了在民工们看来绝对是人道主义而在刘三谋看来绝对是反动的话来！尽管刘三谋把他的嘴都给打歪了，二棍哥还是依然故我。当游到最后一个工区时，只见二棍哥迅速扔掉手中的锣和杵，双手在肚皮那儿磨蹭了一会儿，之后突然转过身来，大笑着一把抱住了刘三谋！刘三谋猝不及防，很快就被二棍哥摔倒在地，并被他压了身下。当刘三谋回过神来的时候，他不由得吃了一惊：二棍哥已点燃了捆绑在腰间的炸药包！导火索在嗞嗞地冒着白烟！于是，求生的欲望和多年的行伍出身练就的排险能力一综合，刘三谋产生了一股力排千钧的蛮力，他悉数使了出来。然而，常言道：聪明人怕糊涂人，糊涂人怕无赖，无赖怕不要命的。此时的二棍哥就属后者。所以他们势均力敌，在那凹凸不平的工地上扭打滚爬着，像两头不服输的公牛，哪一方都想置对方于死地。最终，二棍哥由于两只胳膊被捆住，加上这段时间身心备受折磨，他的体力没能敌过刘三谋，被他推开了。就在这一刹那间，只听到"轰！"的一声巨响，二棍哥被炸得血肉横飞，惨不忍睹。刘三谋也被爆炸的气浪所掀起，之后又重重地摔回了地面，吓得他魂飞魄散，呆若木鸡。

当我姐姐她们赶到时，她首先看到的是，二棍哥的血溅了刘三谋一身，吓得姐姐当场昏厥过去……

当天晚上，人们把二棍哥埋在丫姐的坟旁，和丫姐一样，连口棺木也没有，白布一裹，席子一卷，就下葬了。于是，这座不知名的山坡上，先后埋葬着我们村的两条冤魂。世间便少了一对新郎新娘，或是一对恩爱夫妻。两座坟茔，一旧一新，正好一双，好不凄凉！

我和姐姐则由于惊吓过度，同时也无法承受这个事实，因而双双倒在了床上，没有力气去埋葬二棍哥。但我们姐弟俩都在心底里默念着："二棍哥，你得原谅我们！安息吧，明年我们一定会去给你和丫姐扫墓的！"

二棍哥下葬后的第三天，从傍晚开始，老天就下了一场我们南方人难得一见的大雪。那雪花儿洁白洁白的，飘飘悠悠地，无声无息地下了一夜。第二天早晨，我走出门来，一眼便望见对面山坡上的两座坟茔，此时已无所谓新旧，因为它们已被白雪所覆盖，远远望去，更像是被人丢弃在野地里的又冷又硬的两只剩馒头……

也不知是这一声巨响炸坏了刘三谋的哪一根神经，反正，整整一个礼拜，他都说不出一句话来。因而，工地上也就有了一段难得的清静的日子。

十

我们的老师是个二十多岁的青年人，姓马，叫马威，但人却长得不甚威武，高挑个儿，有点瘦。总之，他的整个人儿都透出一股书卷气，模样儿还算俊秀、儒雅。

马老师是地区师范学校毕业的中专生，出生在地区所在地——东山城里的一个小贩世家，被分配到这穷乡僻壤里来当老师，真是难为他了。不过，看样子他倒是没有什么想不通的，平时对我们很好，还经常说山里的空气真新鲜，环境真安静。看得出他是真心喜欢这儿。他除了经常作画，还喜欢吟诗，我记得他吟得最多的是这几句：

> 枯藤老树昏鸦，
> 小桥流水人家。
> 古道西风瘦马，
> 夕阳西下，
> 断肠人在天涯。

他说这诗里有画，很好很好的一幅画，可我们却是似懂非懂。

那天，我和姐姐他们走进了他那间小屋，我首先看到的是四壁上贴满了画，都是他自己创作出来的优秀画作。顿时，我那幼小的心灵便被眼前这伟大的艺术所震撼，同时也被深深地吸引住了。我发现姐姐也看得眼睛都不眨一下。看得出她也非常钦佩马老师。

马老师除了教我们语文和数学，他还教我们绘画和唱歌。他先教我们画画的基本常识，然后教我们画画的基本功，再后来就带着我们到山里去写生，到水库工地上去画速写……毫无疑问，马老师就是我艺术生涯的启蒙老师。

我们学校一共有三个年级，共用一间教室，我们一年级十个人，在教室的这头。二年级七个人，三年级六个人，他们共用一块黑板，背对着我们，在教室的那一头。于是，马老师就不停地在教室里穿梭着。后来我才知道，这种方式叫做"复式教学"。

期末考试的时候，我的语文、数学和图画均得了第一名，而刘丹的语文和数学都是倒数第一，唯独图画课排在了我的后面，位列第二。马老师便突发奇想，让我考一考三年级的语文和数学试卷，结果令他大吃一惊，我的分数竟然超过了三年级的第一名！于是，他来到工地上进行家访，对我姐姐说："你这个弟弟真了不起，下学期让他跟三年级学吧！"

我姐姐说："听老师的吧。"

我发现，姐姐说这句话的时候，用一种非常特殊的眼光瞅着马老师，我觉得这种目光很特别，有一种我似懂非懂的东西游离其中，但究竟是什么我却说不上来，以前我从来没见她用这种眼光瞅过别的人。

从那以后，马老师对我格外地关照起来，他说你对画画极有天赋，是可造之材，不能只吃大锅饭了，我要给你开小灶。于是，每天放学后他都叫我到他的小房间里进行特别的辅导。每当我走进他的房间的时候，刘丹总是抓着我的衣脚可怜巴巴地跟着进来，在马老师辅导我的时候，她就在小房间里转悠，而最终她都是停在了一张丹青画面前出神。

多年以后，我成了油画大师级人物，而刘丹则成了一位国画大师。

终于有一天，马老师在辅导结束后，红着脸递给我一封信，说："麻烦你交给你姐姐。"

对此，我似乎早有预感，所以此时并不惊讶，把信接过来之后，大大方方地向马老师说声再见，便牵着刘丹的小手，回工地上来了。

马老师的信我都原封不动地交到了姐姐手上。再后来，我上学的时候，怀里常常揣着姐姐给马老师的信，而放学的时候，怀里常常揣着马老师给我姐姐的信。刘丹就像一只跟屁虫一样，只懂得跟在我的屁股后面，什么也不懂。

十一

这天晚上，我正和刘丹一起写作业，刘三谋突然进来了，坐在床沿上，对我说："谢谢你，小兄弟，刘丹现在的文化水平快赶上我了！"

我没好气地说："你不用谢我，是刘丹自己聪明。"

刘三谋说："呵呵。"

后来，他又用那一双鹰一样的眼睛盯着我说："我给你捎的信你都给你姐姐啦？"

听罢，我的心便"咯噔咯噔"地剧跳起来，脑子里在快速地运转着，思索着该如何回答他的这个突如其来的问题。说实话，我是有些怕，便自然地联想到了二棍哥那血肉横飞的惨景。但后来我把心一横："反正自己没了退路了，干脆往前冲吧！"

我说："给了。"

刘三谋说："呵呵。"

说完他移开那双鹰眼望着窗外，出了一会儿神。

谢天谢地，他还没知晓事情的真相！我那颗悬着的心这才落了地，恢复了以往的平静。

刘三谋这时候又将鹰眼从窗外移了回来，说道："那，她没说什么吗？"

我幸灾乐祸地说："说了。"

刘三谋说："哦，她说什么了？"

我恶毒地回答说："他说你这人太恶毒。"

刘三谋说："这话怎讲？"

于是我立马将我和二棍哥包括我姐姐以及所有的民工们的心里话都倒了出来，说得很快也很激动，所以很不连贯，但很是干脆，很能一针见血，很能大快人心。这叫童言无忌。我仿佛看到含恨在九泉之下的二棍哥也自叹弗如，也说得丫姐的眼睛又眯成了一条缝隙。说得我口干舌燥，在做了一个吞咽口水却没有口水的动作之后才停了下来。

刘三谋起身，从那只军用挎包里取出一只苹果，递给了我。我不假思索地抓过来狠狠地啃吃起来。

刘三谋这时候才有了发言的机会，说："她真的那么恨我？"

我说："我没骗你。"

刘三谋说："呵呵，怪不得她一直不理我。"

说完，他又将目光投向了窗外那黑魆魆的夜空，又出了一会儿神，比刚才那阵子还长些。

几分钟过后，刘三谋才又收回视线，对我说："告诉你姐姐，我今后一定改！"

我说："改了？"

刘三谋说："改了！"

果然，从此以后，天亮前永远也听不到那可恶的哨子的尖叫声了，取而代之的是，当天刚蒙蒙亮的时候，高音喇叭里才传出了歌颂祖国、歌颂毛主席的歌曲。于是民工们便翻过身来，连伸了几个懒腰之后，再起来洗脸，再也不用摸黑上工了。还有，高强度的军训也没有了，特别是大伙儿谈之色变的半夜紧急集合更是销声匿迹了。于是，工地上的青年男女的脸上才又恢复了些活气，才有了说笑的功夫，才又想起了自己是壮族青年。壮族青年人都爱唱山歌，没事的时候一对歌就是三天三夜，凡是能坚持对歌三天三夜的，后来都成了美满夫妻……

我真的闹不明白，我姐姐竟有那么大的魔力？

十二

刘三谋毕竟是刘三谋，他天生的爱热闹，任何冷清的场面对他来说都是一种惩罚。

那时候，上面是禁止唱山歌的，就连大家非常喜爱的电影《刘三姐》都遭禁演了。听说，演刘三姐的人也被抓去游街、示众、批斗了，多可惜啊！

如今，我们的工地上却有一股山歌的暗流在悄悄地涌动，就像冰层下的暗流，在不知不觉中悄悄地流淌着。发展到后来，便形成了规模不等的村与村之间，甚至是公社与公社之间的对歌场面。当然，这一切都是偷偷地在夜幕的掩护之下，而且是在离工地一二里远的野外进行的。

听说，刘三谋本来也是个山歌迷，他没参军之前就有过对唱三天三夜的经历，还说他唱到了最后，总爱把对方姑娘家约进草丛里去说话……当然，这么干的不光他一人，在我们这一带，这简直是一种习俗，或说是对歌的一种惯例。一般来说，唱的时间越长，双方的情感越投机，这种场面的几率就越大，否则，也有不欢而散的。

就这么唱着唱着，后来就唱出了一件事。

这天晚上，小青年们又聚集在那个废弃了的瓦窑前对歌，那瓦窑的门深深陷进一个土坡里，于是窑前形成了一道战壕似的鸿沟，鸿沟的左边聚集着一群姑娘，鸿沟的右边是一群小伙子。

由于事前已经掌握了确切"情报"，说刘三谋已事先潜入了瓦窑内，准备偷听大伙儿对歌。这个消息还是一位姑娘提供的。原来，前些日子他们也是在这里对歌，当唱到最后，小伙子们又冲过来扛姑娘上山时，刘三谋也趁乱把她扛走了。到了山上，她才发觉这威猛无比的男人原来就是刘三谋！

于是，今晚来对歌的姑娘小伙都是有备而来，特别是那帮小伙子，他们老早就想教训一下刘三谋了，只是苦无下手机会罢了。如今听到这天赐的良机，他们便都笑了，都说这是老天爷安排给他们的机会，不用的话反倒怕触怒老天爷呢！

果然，当对歌进行到鸡鸣第二遍，也就是通常对歌结束的时间时，刘三谋以为今晚又有艳福了，正准备趁乱"揩油"时，不曾想，那些男人却不像以往那样扑向姑娘群，而是纷纷聚拢到了瓦窑顶上来，然后围成一圈儿，对准窑顶上那个圆圆的出入口，"万炮"齐发——往窑内撒尿！

据说他们在往窑洞内撒尿的时候，曾听见有人在瓦窑里咚咚地来回躲闪，但没看见那人滚出瓦窑正门。

谢天谢地，此事竟没有"后事"！

值得一提的是，我姐姐从来不去对歌，在姐妹们去对歌的时候，她多半是趴在床上给马老师写信。

十三

刘三谋从此没"戏"可唱了，但没过多久，他又不甘寂寞了，竟跑到县城里请来了县里的专业文工团，在"天然剧场"那里连演了三个晚上！

县文工团里的女人有些不是正经姑娘，起码在我眼里是这样。他们刚来时，我和刘丹出于好奇，便去看他们排练。说是排练，但我怎么见他们老在那儿搂搂抱抱、说说笑笑的，一点都不正经。后来的一些事实证明了我的推断。有一个被他们称为"台柱子"的女演员长得很漂亮，每天晚上演出一结束，她都欣然去接受刘三谋的单独慰问，至于慰问的具体内容我就不多说了，那全是刘丹在上学的路上告诉我的。末了，她还天真地问我道："那些阿姨为什么老爱找我爸睡觉呢？"

这个问题我当时也回答不了，只好学着大人的口吻，说："等你长大了就懂了。"心里却在说："刘三谋啊刘三谋，你的这一'爱好'恐怕是改不了了！"但话得说回来，他改与不改是他的事，反正我怎么也不希望姐姐去跟这种人成家。

文工团的演员们前脚刚走，刘三谋就紧跟着下了一道死命令："立即成立我们自己的'工地文工团'！"真是军令如山，各民兵营立马召集队伍，等待刘三谋前来挑选演员。只一个早上的功夫，刘三谋就亲自选定了二十个男女青年，男女各半，聚到一起，一排队，哟呵！男的个个潇洒，女的个个漂亮。当然，我姐姐是少不了的。刘三谋先是给他们训话，说："我们工地上的文化生活太单调了，从而导致了聚众在山野里唱野歌的丑恶事件……"

这时候，小青年们就在下面交头接耳，有的还嘿嘿地笑。

接下来，刘三谋自命为"工地文工团"的团长，而副团长的担子竟落到了我姐姐的肩上！对此，我既为姐姐感到高兴，又为她感到莫名的担忧。因为刘三谋还特别强调说："副团长要积极配合团长的工作，因为他还要管理工地上的大小事情，因此，副团长其实是负责整个文工团的日常工作的，大家要听她的指挥。"最后，他还特别提醒我姐姐说："不要怕苦怕累，汇报工作要随叫随到……"

刘三谋的最后这句"随叫随到"好让我心寒！

就这样，不出一天工夫，"工地文工团"的大旗便高高挂起。刘三谋还特意请来了县文工团里的胡编导亲临工地指导工作。从此，姐姐他们便早上跟着胡编导练功，下午跟着他排练节目，好不紧张，也好不热闹。我和刘丹经常去看他们排练节目，有些节目需要小孩子配戏，他们便让我和刘丹来充任小孩角色。

刘三谋说："离春节不远了，我们'工地文工团'一定要在春节晚会上上演一台高标准的节目，以慰问辛苦了大半年的民工们，也算是给民工们献上一份最好的新年礼物。因此，时间紧，任务重，大家晚上也要加班排练节目！"

一听说晚上也要排戏，我很紧张，担心姐姐会出事儿。于是，晚上我尽量快速地完成当天的作业，之后就去看姐姐。说是看，其实还不如说是守，我要尽可能地跟着她，决不让刘三谋这个老狐狸有可乘之机，这是我来工地前就下定了的决心，没商量的余地。其实姐姐也需要我，有几个晚上刘三谋要求她去向他"汇报工作"，她都是叫我一起去的。我也明显地看出刘三谋对我的不满，但我假装什么都不知道，时刻作出一幅无辜陪伴的样子。其实我脑子里很清楚，每次看到刘三谋无话找话地和姐姐瞎聊，便心生厌烦，就以困了为由要姐姐送我回家睡觉。姐姐也不傻，每次都配合得很是精妙，气得刘三谋暗中直跺脚。除此之外，我还有一道防线，同时也是最后一道防线，那就是刘丹，我已经不止一次地交代她说，你爸爸叫谁上床你都可以不管，但是我姐姐不行！如果你看见了，你一定要大声地叫喊，让周围的人出来看热闹，这样我姐姐才有救。刘丹眨巴着一双大眼睛，似懂非懂地点点头说："好吧。"

一眨眼工夫，我们中国人传统的节日——春节到来了。大年三十晚上，我有幸和团员们一起吃年夜饭。晚宴就在他们经常排练节目的那间房子里进行，共有三桌，二十个演员分为两桌，工地领导人坐一桌，但刘三谋却走过来当仁不让地坐到了我姐姐的身边来，跟我们一起用餐。今晚因为菜肴很丰富，鸡、鸭、鱼、肉一应俱全，说实话，我长这么大还从来没见过这么丰盛的菜肴。所以，我暂时顾不上讨厌刘三谋了，一落座就狼吞虎咽起来，惹得其他人都笑话我，说："慢点儿，别噎着了。"就连刘丹也笑着对我说："阿哥，你早上没吃饭吗?"

吃完年夜饭，我姐姐她们就忙着化妆，准备演出。等她们化完妆，一出来，我惊讶不已——我姐姐那张秀美的脸蛋着装以后，更显得漂亮无比，简直跟演刘三姐的那个大姐姐一样，妩媚极了!

在此之前，文工团里出了一件事。那天晚上，团长刘三谋躲在暗处观看排练，他看到胡指导双手扶住我姐姐的细腰，以帮助我姐姐练"金鸡独立"动作，我姐姐旋了几圈之后，突然失去了重心，一个趔趄，正好撞到了胡指导的怀里去。胡指导兴许是怕她摔倒了，就趁势抱住了她。就因为这个，第二天刘三谋就罢免了胡指导，之后又亲自去挑选了一位女指导来，弄得大伙儿都莫名其妙。

春节晚会办得很成功，民工们看到平日里和他们一起挑土扛石块的姑娘小伙，居然有如此美妙的演技，都觉得不可思议，都看得津津有味。每演完一个节目，他们都赞叹不已，特别是由我姐姐担纲主演的"白毛女"和"红灯记"片断，他们更是喜爱有加，掌声雷动。我姐姐自编自演的具有现代舞韵味的独舞《舂米》，更是把全场观众的情绪推上了高潮，当场被迫连演三遍，累得她气喘吁吁。而场下的观众还不断地叫喊"再来一个"！

毫无疑问，我姐姐已成长为这个草台班子的"台柱子"。

可惜马老师放假回家过年去了，要不他一定前来观看我姐姐演出的，说不定他立马创作出一组有关我姐姐跳舞的好画来呢！

十四

从此，我姐姐她们这个"工地文工团"便出了名，那些嗅觉灵敏的记者们也就蜂拥而至，采访的采访，摄影的摄影，忙得不亦乐乎。几天以后，大报小报上就陆续地刊登出来了。我总觉得报纸上说的与事实相差甚远，甚至是无中生有，浮夸连篇。总而言之，报纸上登载的东西只有一样我是认可的，那就是我姐姐的大幅大幅的剧照，还有她的生活照，都是异常的真实而美丽。但有关她的专访就令人反胃了，说她是一只深山里飞起的金凤凰，这个比喻不为过，但说什么"她是贫农出身，根正苗红""在党和人民的关怀下，他们一家过上了幸福美满的日子……"这简直是胡说八道！我老爸是在逃的"现行反革命分子"！我们早已家破人亡！

后来，我姐她们这个"草台班子"最终被捧为宣传毛泽东思想的"先进文艺团体"，被县里记了一回集体一等功，比县里头的专业文工团还"牛气"。我姐姐还被记个人一等功一次。

一时间，我姐姐便大红大紫起来了，各种各样的"典型""先进""模范""旗手"等桂冠都纷纷落到了她的头上，想拒绝都困难。我觉得她就像一个红色的大气球，眨眼之间让人给吹胀了，又眨眼之间飞上了高空，仿佛离我越来越远了，我也就倍感孤独和迷惘……

随着姐姐的名气越来越大，她所受的威胁也就越来越多。因为他们已不仅仅在我们工地上演出了，还被邀请到各地去搞什么巡回演出。我最最不放心的就是这种巡回演出，所以，姐姐每次出征，我都像经历了一回"生离死别"，心痛得直流泪。

再后来，我的担忧真的变成了我这辈子都难以接受的事实！

那是 1971 年 3 月末的一天，我姐姐她们应邀参加县里举办的"迎春文艺调演"，刘三谋亲自挂帅，带领我姐姐她们住进了县政府的招待所。当晚，演出结束后，我姐姐她们刚回到招待所，县委秘书突然把我姐姐叫了去，对她说："书记看了你的表演，他非常满意，特意点名要单独接见你，这是你的荣幸，快跟我到十八号房去，别让领导等久了！"

我姐姐不明就里，乘兴跟着秘书来到了十八号房间。她发现这间房子很宽敞，摆设也很讲究，有一张大床和其他的生活用品，看来这是书记大人常接待客人和休息的场所之一。这时候书记乐呵呵地跟我姐姐打招呼，还客客气气地和她握了手。这个书记一握住我姐姐的手就没有放开的意思，还伸出另一只手来将她摁到了沙发上，之后才亲自去给我姐姐端来了一杯热气腾腾的春茶。我姐姐道了一声"谢谢！"便接了过去。她看到茶杯底部有碧绿的茶叶，便喝了起来。她那时候实在太渴太累了，觉得这热茶水喝着真解渴、解乏，于是将那杯茶水喝了个精光。书记乐呵呵地说："来来来，我再给你沏一杯。"当时我姐姐心里还真想再要一杯，但嘴上却礼貌地说："谢谢，够了。"

不一会儿，我姐姐就昏昏沉沉地睡着了。秘书就是在这个时候离开十八号房的，他走的时候还为书记轻轻带上了房门……

半夜里，我姐姐终于醒了过来。当她意识到自己已失身于书记时，就"哇"地大哭起来，接着边哭边穿衣服。书记被她的哭声惊醒了，赶忙用手掌捂住她的嘴巴，并威胁她道："别哭别哭，再哭我就叫公安局的人来抓你！"

没想到我姐姐丝毫没被吓住，而是猛地掰开他的手，大声地呼喊起来："抓流氓啊——"随即跳下床来，准备冲出门外，但却被气急败坏的书记给拽了回来，又利诱她说："你不要叫，我马上把你调到县文工团来当专业演员……"

谁知，我姐姐软硬不吃，又是哭又是咬的，弄得书记很狼狈。

不一会儿，人们赶来了，刘三谋也赶到了，一听说我姐姐被关在了房间里，便一脚踹开了十八号房门，并拉亮了电灯。当他看到书记赤身裸体地抱着我姐姐时，便怒不可遏地冲上去，与书记扭打起来。我姐姐也就趁乱跑了出来。

这一惨痛的经历对我姐姐的打击实在是太大了，她仿佛被人们高高地捧入云端，却又一下子放了手，让她重重地摔回了人间，使她的身心都无一完好之处。

　　眨眼之间，我姐姐在县城失身这一爆炸性新闻便传遍了整个工地，不久又波及全县的每一个角落，应验了那句老话："站得越高，摔得越重。"

　　此后不久的一天，我们鲤城县县城的街头上出现了第一张针对书记的大字报。在以后的一段时间里，各个公共场所上大字报便如同雨后春笋一般地冒了出来，而且数量惊人。此时，善良的人们才从大字报中知道，县文工团的女演员，还有以前分散到各村屯去插队落户而现在已返城工作了的那些女知青们，个个都有过像我姐姐那样的遭遇，只是她们都选择了躲在暗处默默流泪，委曲求全地忍受着书记一次次的糟蹋而已。直到现在，才借助我姐姐这勇敢的一吼，纷纷以在半夜里偷偷贴出大字报的方式来宣泄她们的辛酸血泪！

　　后来才听说，第一张大字报是刘三谋贴上去的，也不知是真是假。

　　和上次一样，我被公安局的人抓去了之后，心情反倒平静些。现如今，以往所担心的事也发生了，我反而坚强起来了，对着泪流不止的姐姐说："姐，你可别想不开呀，大不了我们回老家去，离开这鬼地方！"

　　姐姐这时才不哭了，她就像是抓住了一根救命的稻草一样抓着我的双手，审视了我好半天，才说："弟，你长大了。"

十五

　　今年的清明节似乎来得比往年快了许多。这天，清明雨纷纷扬扬地下着，我们姐弟俩冒着细雨去给难兄难姐二棍哥和丫姐扫墓。

　　姐姐边拔着丫姐坟头上的杂草边说："丫丫，我给你修房子来了，该盖的、捂的你就盖好捂好了哦……我们都是苦命的人，经历的尽是些短命事，我要是不挂念未成年的弟弟，也许就跟你一道去了阴间了……"说着就呜呜地哭。

　　我边拔着二棍哥坟上的乱草边说："二棍哥，我们就要回老家了，你和丫姐就在此安息吧……"说着，也忍不住哭了起来。于是，在这荒山野岭上，久久地回荡着我们姐弟俩那悲悲戚戚的痛哭声……

　　第二天早晨，还未等刘三谋的广播响起，我和姐姐便背起行囊，走出了那间茅屋。

　　我本来舍不得走，因为我舍不得马老师，舍不得那间学校，舍不得我的画，也舍不得离开我的好伙伴——刘丹，但是，为了姐姐不再遭受别人的白眼，不再让色狼们得寸进尺，不再让更大的悲剧发生，我还是选择了离开。

　　姐姐本来也不想走，因为我在这儿有上学的机会，更重要的是，这里有她深深爱着的马老师。但她发觉连本村的姑娘们都在有意无意地躲避着她，像是她已很脏似的，不配再当这个队长了，更怕玷污她们的所谓"清白"似的。

　　姐姐说："弟，我们去给马老师道个别吧！"

　　我说："好的。"

　　但走到离学校很近的地方时，她却慢了下来，最后竟瘫坐在了路边，低下头去流泪！

　　我说："姐，要不，让我自己去跟他说吧。"

　　姐姐说："不行，你要是去了，他便会跟过来的，我们还是别见他的好，走吧！"

　　其实，姐姐早就跟马老师有约会了，她往往趁别人去对歌之机，把我送到刘丹那儿，之后就偷偷地去跟马老师约会，这事儿别人不懂，我可是清楚的。现如今……她连见马老师的勇气也没有了，可见她此刻的内心是多么痛苦啊！而我又不能为她多分担点儿什么，连行囊也是重重地压在了她的身上，所以，我也难过得眼泪直流……

姐姐最终带我去看了一个地方，那儿四周都长着茂密的小灌木，中间有一小块平地，地上绿草如茵。姐姐默默地看了许久，快要离开的时候，她哭出了声。我因而猜想，这地方可能是她和马老师第一次亲密接触的地方。

我们姐弟俩就这样噙着泪水离开了水库工地。没走多远，刘三谋便气喘吁吁地赶了上来，一把拉住姐姐说："你要回家？"

姐说："是的。"

刘三谋说："不走行吗？我非常爱你，如果你同意，我马上和你结婚，之后让你到代销店里做售货员，等水库完工了，我们就一起回我老家麻山县去，我包你有一份轻松的工作，这样，小弟也还可以跟刘丹继续上学……"

刘三谋的最后一句话倒对我有一定的吸引力，但他要和我姐姐结婚，门都没有！想罢，我拉了拉姐姐的衣角，说："姐，我们走吧！"

其实姐姐比我更有主见，她是不会嫁给刘三谋这种人的，她这时候说："刘团长，谢谢你的好意，常言说，萝卜白菜，各有所爱，您请回吧！"

当我们姐弟俩爬上了丫姐掉下去的那个山垭口，再回过头来往下看的时候，发现刘三谋依然坐在原地上，那样子很像是在哭泣。至此，我才有了一点恻隐之心："这大男人，其实他也不容易啊！"

就这样，我们姐弟俩沿着羊肠小道，白天走啊走，天黑时，就地找一户人家，讨一顿饭，再借宿一晚，第二天谢过了主人家，又接着上路。就这么走走停停，直到第三天傍晚，姐弟俩才又回到了我们那个村子。就这样，去时没带一分钱，回时也没得一分钱。

从此，我们姐弟俩依然和从前一样，天天出集体工，依然靠挣那点工分活命。

我十分想念我的马老师，经常在梦里梦见他在教我读书，又教我画画。醒来后我也有作画的冲动，可提起笔来却又不知该如何下手，每每这时，我眼前又浮现出马老师的音容笑貌……

我姐姐也十分想念马老师，这段日子里她经常失眠，也经常叹气，这是从来没有过的。有时候她还背对着我偷偷地流眼泪。她因而也就瘦多了……

十六

后来，有件事彻底地改变了我们姐弟俩的命运。我记得很清楚，那是 1971 年 8 月 28 日，距新学年开学还有三四天的工夫，公社文教助理突然给我们村带来了一位新老师。而这位新老师不是别人，正是我们姐弟俩日思夜想的马老师！

原来，马老师自己向县教育局打了个报告，主动要求调到我们这个全县最边远的村子当老师，并被准予。文教助理说："我们很早就想在你们这个村里办一个高小点了，只是多年来都苦无合格的教师，如今马老师主动请缨，太好了，这真是一场及时雨啊，我们会全力支持他的！"

马老师来了以后，我们村子里的孩子就可以直接读到小学毕业了，以往他们只能读到三年级，完了就只能到别的村子去读高小，有的孩子嫌路远，也太麻烦，就干脆辍学，不读了。

那时我们村还未通公路，从公社到这里要走整整一天的山路。所以，文教助理他们天一亮就牵着一匹高大的骡马上路，马背上驮着马老师的行李，来到这儿的时候已是掌灯时分，人困马也饥了。

当晚我很兴奋，睡觉的时候便搂住姐姐的脖子说："姐，我敢打赌，马老师是为你而来我们这儿教书的！"

"瞎说！"姐姐嘴巴上是这么说，但看得出来，她心里也有着一股火一般的兴奋和冲动，因为她这时候把我搂得紧紧的，还情不自禁地亲了我一下，这是第一次，也是最后一次。我因而又猜想，姐姐这是把我当成马老师来亲吻的……

从此，我在马老师的直接关爱之下重返校园，可以自由地读我喜欢的书，自由地画我喜欢的画了。如今的我由于有马老师的呵护，那些曾经欺负过我的小孩才老实多了。作画的时候，我用马老师给我的专业美工笔，还有专业图画纸，画出的画也是最好的。另外，我的学习成绩一直很优秀。更重要的是，我穿上了马老师给我买的一身新衣服。所有这一切，足以羡煞所有的曾经欺负过我的人！

我姐姐也在感动之余终于答应了马老师的求婚。于是，马老师就变成了我的姐夫。后来，姐姐生了一个漂亮的女孩。一看见是个女孩，姐夫当即激动地从他的箱子底下翻出了我姐姐当年飒爽英姿的剧照，乐呵呵地说："今后，我们要培养她成为一名世界级的舞蹈家，让她去完成她妈妈未完成的事业……"

1986年秋，我姐姐随姐夫调入姐夫所在的学校里当图书管理员，这个工作很适合她，因为她也很爱看书。而我早在二十世纪八十年代初，已凭借一幅超级写实主义作品一举成名。被母校邀请前去讲学，还被正式授予"客座教授"荣誉称号。

这天，我在学院大礼堂的主席台上准备讲课。一般情况下，应该是先讲课，之后才给学员递条子，再回答他们的提问。而这一次我一反常态，一开始就给讲台下黑压压一大片听众先写好提问题的条子，交上来之后我再按讲学内容进行分类，问题涉及哪个内容就在讲那个内容的时候作答。在对字条进行分类时，我惊讶地发现其中一张字条很特别，一是所写的字迹简直跟我自己所写的字迹一模一样，但绝非刻意模仿所致，字里行间有一股女性特有的笔法渗透其间，阳刚之气被娟秀之气所取代；二是所问之问题是我所熟悉的："请问人体油画大师，您的第一幅作品发表在哪儿了？"

看到这字条，我眼睛一亮，心也就蹦蹦乱跳。随即抛开原来讲义的顺序，就从这字条讲起，而且讲得很动情。当讲到我和刘丹并排跪在沙滩上，树枝作笔沙滩作纸，共同发表了各自平生第一幅人体素描作品之时，情不自禁脱口而出："现在刘丹就在台下听课，我正式向组委会以及所有与会人员请求，让刘丹上讲台来就坐好吗？"

话音刚落，会堂里立即引起一阵不小的骚动。台下的人们都不停地转动着脑袋，用眼睛前后左右地扫描，急切地想知道刘丹是谁。可是她却迟迟不肯站出来，于是众人有些急了，包括我自己，也有些急了。

"快出来！"有人高声喊道。

"是谁哦，请站起来！"又有人喊道。

这时候，主持人汪教授拿起话筒，站起来说："欢迎刘丹同志前来主席台就座。"

"哗啦啦——"

台下听众热烈鼓起掌来。

直到这时候，礼堂中部第三十八排那儿才站起了一位女孩，脸上满是受宠若惊的微笑，只见她略有些紧张，略有些迟疑，略有些胆怯地稍停片刻，之后还是款款地步向主席台。随着她的步步逼近，我的大脑也在飞快地穿越时空，就像电影里的蒙太奇手法一样，在很短时间内完成她从小到大的想象画面切换。当她走到十余米开外的地方时，我才从她的眉宇之间读懂了儿时的轮廓和神态等信息，从而也坚信她就是我儿时的亲密伙伴——刘丹。其貌不扬，素颜真容，扎着一根马尾辫子，穿着一身朴素而合身的秋装，跟我想象中的刘丹极为吻合。

当她站到了我的跟前时，我们只顾凝视着彼此，却迟迟没有采取任何礼节性的动作。于是台下的听众有些按捺不住了。

"握手哦！"

"拥抱哦！"

人们乱喊一气。最终还是我上前一步，礼节性地拥抱了她一下子。肌肤相碰的刹那间，我感觉她的心也在怦怦地跳得很厉害。接着我把话筒递给她，让她简单介绍一下自己。她先是对主席台成员鞠了一躬，紧接着转过身来对着台下听众又鞠了一躬，之后才大方地对大家说："大家好，我叫刘丹，现在是美院国画系的一名大三学生，谢谢大家！"说完再鞠一躬，就将话筒递还给我。

于是我借题发挥，针对国画的发展方向发表了自己的一些看法。其中也穿插解答了有关国画方面的提问，而且为了不让刘丹受"冷落"，我还将一些无关痛痒的条子交给刘丹，让她探讨性地发表一些看法。就这样我们一唱一和，三个小时很快就过去了。

散会之后，刘丹又扮演了小时候的"跟屁虫"角色，我出席招待晚宴，她也跟着去，我去参加联欢晚会，她也随我而行。当然，这也是我挽留她的结果。直至我回到宾馆，她一直跟在我身旁。

我先把旅馆的房门关上，并上了安全栓，之后急切地抓住她的双手，将之搭在了我的双肩上，我的双手则揽住了她的细腰——我们就这样彼此对视了良久。

我说："你长成一个大姑娘了。"

刘丹说："你长成一个大男人了。"

我说："我这么多年来一直在想念你。"

刘丹说："我也想你……"

我直到这个时候才从刘丹的嘴里得知她父亲的一些情况。原来，我们走后，她父亲的脾气变得更加暴躁，动不动就摔东西，张口就骂人，甚至动手打人。令我深感不安和莫名惊诧的是，他老人家至今仍然保存着我姐姐当年的剧照！若不是刘丹亲口说的，我真是不敢相信。至此，我才彻底地理解了他当初对我姐姐的爱，同时也生出了一些怜悯和歉疚之情，觉得当初自己的行为是有些偏激和幼稚了。

眼下，我已是人到中年，成了一家画院的院长，已尝够了成名成家的滋味了，没什么太大的遗憾了。不像二棍哥，还有丫姐，他们也有各自的梦想，但时势不让他们实现自己的梦想。就此而言，他们是多么的悲惨啊。所以，我和姐姐会约定时间，定期去给丫姐和二棍哥扫墓。

至于我和刘丹，在1986年秋天的那次重逢后就再也没分开过，生活得一直很美满，育有一对双胞胎，而且是"龙凤胎"，健康、活泼、可爱，生活得很幸福。

铁窝镇轶事

　　铁窝镇是个有着近千年历史的一座古镇，根据史书记载，其初始发祥于宋代，而大兴土木兴建是在明代万历年间，鼎盛时期是清代乾隆年间。其所处地理位置很特殊，为典型的喀斯特地貌地区，村镇周边到处奇峰耸立，溶洞幽深奇特，加上溪流环绕，古树参天，自然景观极其优美独特。古镇所在地是一处山区难得的小盆地，四面皆山，唯有东西两面山上留有两处比较宽大的豁口，一条清亮亮的河水自西边豁口处流进来，将铁窝镇一分为二，又向着东边豁口处流出去。千万年来，它不断地侵蚀着河道，留下一条深达三十多米的河沟，流经铁窝镇这一段属于上游，名叫铁水河。河北面面积较小，叫北镇，住着三百多户人家，当地的"富豪"大多居住于此，而且多为洪姓；河南面面积较大，住着八百多户人家，大多数是贫民，但多出美女，杨姓人家居多。铁窝镇由于四面环山，形成易守难攻的战略要地，加上自古交通极为不便，与外界联系的交通工具主要是船只，所以村镇长期处于半封闭状态，使得古老的民居、众多的文物古迹得以较完好地保存下来，是一座名副其实的古镇。

　　铁窝镇自古以来出产的铁器名闻天下，因而得名铁窝镇。铁窝镇出产的铁器，特别是刀具和斧具等，其刀刃既锋利又非常之坚硬，就拿菜刀来说，筷子般粗细的铁丝，一刀下去立马被斩断，而且刀口不蹦不凹，这是有真凭实据的。鸦片战争之后的第十年，也就是1851年年初，距离铁窝镇不远的金田村爆发了一起大规模农民起义，史称"太平天国起义"，起义军所使用的部分冷兵器——如大刀和长矛等大多都出自铁窝镇。

铁窝镇出产的铁器之所以这么锋利而坚硬，那是得益于最后一套工序的特殊性，这最后一套工序叫做"煎水"（淬火）。例如一把刀铸造好了之后，还要将这把刀的刀口部分放到通红的火炭里再次烧红，而这次烧红的火候特别重要，老铁匠容易掌握，新手就不易掌握。烧得太红太软了不行，烧得不够太硬了也不行，只有恰到好处的火候，才能铸就一把锋利而坚硬的好刀。

但也不仅仅是这最后一道工序做得好，其实起关键作用的还是那盆淬火用的水质！你想，要是光靠掌握火候，全国上下哪家师傅不会掌握呢？这跟贵州的茅台酒一样，是得益于赤水河的河水的。这不奇怪，怪就怪在这水的珍稀之处。也就是说，给铁器淬火用的水并非流经铁窝镇的铁水河里的水，也不是铁水河周边的支流小溪水，他们用来做"煎水"的是"黑龙洞"里的非常水质。相传是建镇之初，由北镇的洪太白老先生发现，并传承于后世的。洪家世代单传，现在的洪秀武也是单传，属于第十三代传人。洪秀武上有两个姐姐，早年相继嫁了出去。自然的，洪秀武是现如今铁窝镇的当家铁匠，他个子长得矮墩而壮实，好像天生是块打铁的好料。他本人以及镇上的后起之秀，基本上是他爹洪承基带出来的徒弟，祖传的打铁绝技就靠他传承下去了。他家打造出来的铁器不仅外观优美中看，人见人爱，而且质量也是最过硬的，是公认的名牌中的名牌，历来被客商誉为天下第一。这还得益于洪老先生的另一祖传手艺，即"煎水"（淬火）的水温！

这一祖传手艺从不外传，只传给自家的下一代。你想想，一年四季的水温是不一样的，就是一天之中的早中晚时间段的水温也不一样。因此，洪家淬火水温的调节堪称一绝！所以他家的铁器从不愁销路，客商今年下的订单，往往排到明年甚至后年才能拿到货。虽然他们家的打铁作坊已经不断地扩大，铁匠数已发展到了五百人，但供货还趋于紧张状况。洪承基父子俩早已不在打铁第一线上了，只是把握住最后一套工序而已，也就是牢牢把握住祖传的淬火工艺。

洪秀武二十岁时盯上了南镇的第一号美女，芳龄十八岁的杨玉簪。在此之前，洪家的门槛早就被说媒的踏破了，但都被他一一谢过，且放出话来了，非南镇的杨玉簪不娶！

真是哪壶不开提哪壶。偏偏杨玉簪喜欢的人并不是家境殷实的洪秀武，而是她从小一起玩耍长大的镇上为数不多的菜农，比洪秀武大一岁，身材高大魁梧，人称"独眼龙"的杨怀之。杨怀之并非生来就独眼，而是在他刚满五岁的时候，恰逢过年放鞭炮，他爹爹一时兴起，拿来一根竹枝，将竹枝的尾端削平，之后在"小枪管"一般的竹筒里放入单只鞭炮，给儿子握住竹竿根部，并伸直手臂，将竹枝当枪使。爹爹就点燃那只鞭炮，啪的一声"枪"响，儿子乐了，嚷嚷着要再放几"枪"。当爹的也乐了，立马又将炸碎的竹枝尾端削平，再放入鞭炮再点燃。后来竹枝变短了，儿子还乐呵呵的要当"驳壳枪"使。当爹的没多想，又点燃了鞭炮。这一炸响过后就听到儿子哇地大哭起来，并看见儿子的左眼被一片小木屑钉住了，鲜血直流……从此杨怀之便失去了左眼。

也不能说杨玉簪完全没有眼光，这杨怀之虽然是"独眼龙"，但他的脑瓜子很灵的，特别是数学方面的才能，镇上可以说无人能及。小时候家贫，读不起书，初中未毕业就辍学了。但他在初一的时候就得过全县数学比赛初一年级组的第一名，因此退学之初，数学老师爱才，特地找到他爹，说您这孩子不能退学，学费不够我给您补齐。于是又去读了一个学期，可是初三才读几个月，就又彻底地辍学了。究其原因，并不是他嫌家贫，家贫他能承受，他是受不了同学们的奚落和歧视。起因是常挖苦性地叫他的外号"独眼龙"，特别是家里有钱有势的同学，经常拿他开心。杨怀之因而跟他们打了架，心想老师这回可能会主持公道，并教育同学们互相尊重，从此没人再挖苦他，歧视他了。可是，老师却拿他当不安分分子，还在全校晨会上点名批评他，说他带头打架斗殴，让他写深刻检讨书，并记过处分，还张贴布告在学校门口的宣传栏内，让更多的人知晓他的短处。他觉得自尊心受到了极大伤害，就毅然决然选择了退学。

后来分田到户，他爹像是穷怕了，一股脑儿承包了河边的18亩菜地。其实那也是他们家祖上传下来的地块，人民公社那会儿充公，现在只不过是物归原主罢了。他们还在原有地块基础上往四周开荒拓展，到后来总共拥有二十几亩菜地供一家人耕种，从此才过上了舒心的日子。"独眼龙"杨怀之有一绝，就是"猜拳"，本地俗称"猜码"，是村镇上公认的"码王"。本地老少男人们都爱喝酒后猜拳行令助兴，自娱自乐。猜码虽说是猜，但是灵活多变和准确的算计也是必不可少的，杨怀之就有这个本领。没出码之前双方都死死盯着对方紧紧攥住的拳头，互猜着对方将要弹出的码数。杨怀之绝就绝在他往往能在对方弹出手指头的最初几十分之一秒内，觉察并迅速而准确地计算出对方的码数，从而在双方完全弹开手指头的瞬间擒获对方。杨玉簪的哥哥娶亲那天，山里来了一帮喝喜酒的汉子，个个都称自己是"酒桶"，人人都是千杯不醉的主，要求跟铁窝镇的后生们比试比试。于是双方各派十个人应战，主方自然少不了杨怀之。几个回合下来，其他人跟客方的水平不相上下，互有胜负，但是主方有杨怀之压阵，往往能力挽狂澜，赢多输少。而且有好多次，仅杨怀之一人就能"打倒"客方十个人。你想，每轮一人一杯酒，十个人就十杯酒，一杯四两左右，十杯就是四斤酒，输了分着喝，所以输多一方够受的。后来客方不服气，纷纷找杨怀之"单挑"，结果都纷纷"落马"，输得一塌糊涂。傍晚时分，客方再也支持不住了，个个东倒西歪，呕吐不止，带头的就连连求饶告负。主方的一些人便开始奚落客方，嗤客方个个是"软蛋""狗熊"。而杨怀之则站起来制止他们不要过分，对客人要以礼相待，正式比赛还要尊重对手呢！他还请求杨玉簪几个姑娘拿来热水和毛巾，给客方漱口洗脸。

　　杨玉簪觉得自己就是那一刻深深爱上了杨怀之的，其实她喜欢杨怀之还有另外一个重要因素。杨怀之一直正正经经，目不斜视，他跟大伙儿一起玩乐的时候，也爱打趣儿，开一些得体的玩笑，但他从不乱来，生活规律而严谨。这些都让杨玉簪看在眼里，喜在心头。因此，在洪秀武放话说非她不娶之后，她也放话出去说，本姑娘非杨怀之不嫁！

　　起初，杨玉簪家人以为她是在开玩笑，并不是真心话，对于洪秀武一家多次送来的钱物，他们是背着她照收不误，两年下来总共收取了他们家财物有十余万元。没承想，双方都到了法定婚龄时，洪秀武硬要娶她，她却死活不同意这门婚事。她家五亲六属本来就一边倒地坚决不同意她嫁给"独眼龙"杨怀之，这会儿便轮番过来劝她，开导她，统一了口径说洪家是世代富庶人家，铁窝镇铁器的正宗传人，他家才是你的真正归宿。还说人家其他姑娘做梦都想嫁入他家做媳妇，怎么挖空心思做手脚都不能讨得洪家少爷的欢心，所以你就知足吧！

于是，势单力薄的杨玉簪就这样被五亲六属们硬塞进了前来迎接她的八抬大花轿，浩浩荡荡地在村镇上故意绕着弯子，热闹非凡地送往北镇洪秀武家豪宅。迎亲和送亲队伍在铁窝镇大街小巷里闹了个够，说沸沸扬扬也不为过。然而，与之不相称的是，杨玉簪却哭了一整天，进入洪家院门的那一刻更是哭得昏厥过去，好半天不省人事。眼看要误了拜堂时间了，洪家人急得像热锅上的蚂蚁。急切地问替洪家选定吉日良辰的镇上老道公，说这下可怎么办才好。老道公伸手捋着花白胡子，闭着眼睛掐着手指头盘算一番，之后滴溜溜转动着两只小眼睛，最后目光落在了杨玉簪那十七岁的妹妹杨玉莹身上，之后对洪家主说，时下这个拜堂良辰是百年一遇的良辰美时，不容错过，办法只有一个，就是让她的妹妹代替姐姐完成拜堂仪式，方可在一定程度上挽回不利局面。洪家无奈，只好照办了。可是，这个长得跟姐姐一样漂亮异常的杨玉莹，她早就跟姐姐一样哭成了个泪美人。况且她时下还是个高中生，听说姐姐要出嫁，才特地请了一天假回来陪姐姐的。她与小学毕业后就辍学不读书了的姐姐不同，不争当铁窝镇的第一美女，却一心想考取全国重点大学，争当铁窝镇的第一女状元。大道理她比谁都懂，所以一开始就斥责洪家这是"强取豪夺"，拒绝了洪家的这个无理要求，说什么也不肯替姐姐穿婚服、佩带嫁妆造假拜高堂。没法子，洪家人眼看软的不行，只得来硬的。老道公也说了，不穿婚服也罢，是新娘子的亲妹妹就行。洪家于是就派上几名伴郎伴娘，硬拽着她来到洪家高堂前，眼看就要对着洪家高堂行大礼了，这个倔强的妹子便使出浑身力气，挣脱了几个人的拽拉，大声吼叫着说："放肆！你们不见我姐姐都哭晕了吗？她压根儿就不同意这门亲事，强扭的瓜不甜，今天的哭泣就预示着明天的悲剧！不信你们等着瞧！"

杨玉莹的确语出惊人，大伙儿你看看我，我看看你，都不知如何是好。

老道公这时候给家主洪承基使了个眼色，意思是：不管她，时不待人。

家主也无奈，只好亲自出马，他先安慰杨玉莹说："亲家妹子，委屈你了。"之后便让两个伴郎一人架住她的一只胳膊，再让一人站在她身后帮摁她的头颅。就这样，杨玉莹被动地完成了一拜高堂，二拜"家公家母"，三是"夫妻"对拜的荒唐之举。完事后，她气歪了脸，愤怒地冲出了洪家大院，准备逃离这个是非之地。但是没跑多远，她就停了下来，转念一想，不行，姐姐还被困在洪家大院里面不知死活呢！于是她深深呼吸了几口气，强压住心中的怒火，努力使自己平静一些，之后又返身回到洪家院内，要求见自己的姐姐。洪家人怕她这个辣妹子再闹事，赶忙拦住她不让她进屋。最后还是家主洪承基出来干预，准许她进屋，她才得以进见可怜的姐姐。

原来，杨玉簪晕倒后，立即被人们七手八脚地抬进了新房。家主洪承基立马叫来镇上那个被人们称为"洪半仙"的老中医帮整治，"洪半仙"不敢怠慢，进屋后立即采取紧急救治措施。他先是在杨玉簪头部的一些穴位上扎满了针灸用的银针，之后用大拇指尖点按住她的人中穴，好一会儿杨玉簪才慢慢醒了过来。可醒过来后的杨玉簪却变成了一个呆子，两眼睁着，但目光呆滞，人们说什么她也毫无反应，也不哭闹了，任凭眼角的泪痕慢慢变干。

杨玉莹一看到姐姐的这副模样，心如刀绞，两行热泪又顺着她那美丽的面颊流了下来。她两腿一软，跪在了姐姐床前，一把握住姐姐那无力的手，颤着声说："姐，你这是怎么了，心里难受你就哭出来吧。"这时候，杨玉莹感觉到姐姐悄悄地使劲捏了她的手，聪明的她便知道姐姐这是在万般无奈的情况下装傻的。为掩盖姐姐的这番苦心，杨玉莹哇地大哭起来，把头伏在姐姐身上，抱着她痛哭流涕说："我可怜的姐姐呀，结婚本是喜事，他们却把你弄成了傻子，往后的日子可怎么过啊！"

转眼到了夜间，洪秀武进屋来，借着酒性嚷嚷着要与美女媳妇杨玉簪同房。没想到新娘子杨玉簪此时却疯癫起来，她嗷嗷叫着，歇斯底里地叫嚷着让他滚开，再不滚开的话，她就一头撞死在南墙上！之后她傻笑着用手指着身边的其他人说："你你你，还有你，本姑娘要上床跟新郎官睡觉了，再不滚开就杀死你们！"

于是在场的人只好相继退出了新房。新郎官洪秀武见状，睁着血红的眼睛，喘着粗气说："老子早晚收拾你，哼！"随后悻悻而去，将稳固的防盗门关严并反锁起来，杨玉簪初来乍到，她没有钥匙，要开是开不了的。

新房里便只剩下她们姐妹俩。她们和衣而卧，用棉被蒙住头部，姐妹俩在被窝里偷偷说了半宿的悄悄话。第二天一大早，妹妹杨玉莹就赶回学校去了。

就在自己心爱的人杨玉簪出嫁这天，从来没大醉过的杨怀之，却把自己给灌醉了。他也没有跟大伙儿去喝杨玉簪的"喜酒"，而是弄了一坛子酒到床头来，自个儿一碗接一碗地喝闷酒。古语说，借酒浇愁愁更愁。不错，杨怀之此时心里郁闷到了极点，不借酒浇愁他还能干啥。只见他一会儿傻笑，一会儿啼哭，不停地将酒水灌进自己的肚子里，后来就倒在床上不省人事了。

就因为喜酒桌上少了杨怀之，给想翻盘的老对手等到了机会，结果也隧了他们的心愿，齐刷刷地将铁窝镇的十条汉子给放倒了。领头的念及杨怀之以往的恩德，没给对手难堪，还带头给他们端茶倒水解酒。

杨怀之大醉了一场，醒来后不吃也不喝，直到第三天杨玉簪按传统礼节回娘家门的时候，他才胡乱地喝了一碗他爹送到床头的稀粥，之后跟跟跄跄地走出屋去，只想最后看一眼他的心上人。不出所料，他看到的是素面朝天，一脸愁容，和自己一样憔悴不堪的杨玉簪。心又碎了，赶紧闭上双眼，又跟跟跄跄地回了家。几天后他就走了，在这个镇上消失了，除了他爹，谁也不知道他去了哪儿。

俗话说，生米做成了熟饭，莫奈何。杨玉簪于第二年为洪家生下了一个女儿，取名洪珍珠，这是个无爱的结晶，也是个无奈的结局。她人虽然嫁入了洪家，可是心里一直放不下失踪了的有情人杨怀之。洪家人越是对她好，她越是觉得孤单难耐，这份婚姻对她来说只是一场苦难的历程。洪秀武外表看起来谦和，实质上内心阴毒得很。他知道杨玉簪心里装着谁，所以处处提防，事事限制，把杨玉簪困为笼中鸟，池中鱼。没生下洪珍珠之前对她还好点，但是见她给他生了个女儿后，他就开始不耐烦了，稍不如意就骂她，甚至动手打了她。她真是有苦无处诉，娘家人又很少有人听她的，唯一理解她，同情她的只有妹妹杨玉莹。而就在这一年，杨玉莹果真实现了自己的愿望，考取了北京的一所重点大学，很自豪地成为铁窝镇的第一女状元，就要远赴北京求学了，眼看离她这个姐姐越来越远了，她倍加珍惜姐妹俩相处的机会，遂向洪家提出送妹妹一程，顺便在县城里散散心，给女儿买一些过冬的衣物后便回来。洪家没理由不准予，于是姐妹俩乘船到了乡里，再乘汽车到县城，在县城里闲逛了一天，购买了一些婴儿用品，第二天早上就把妹妹杨玉莹送上了北去的火车。那一刻，姐妹情深的她俩，双手紧握在一起，依依不舍，俩人哭得两眼都红肿了，可谁也不愿先放手。一直到列车缓缓开动了，两双手才慢慢分开。望着远去的列车，杨玉簪好像自己的心也被掏空了，也随同妹妹去了远方似的。

就在杨玉簪信步走在火车站广场上、迷茫无措的时候，突然有人在背后叫了她的名字，那声音好熟，从她的耳膜里传到了她的心坎里，好温馨，但她一时想不起是谁的声音。就在她迟疑的片刻，那人再一次叫了她的名字，这一次她听出来了，那可是她魂牵梦绕的声音啊！于是她惊讶地回过头来一看，果然是他，那伟岸的身躯依然还是那么壮实，多少次魂里梦里，她偎依着他，觉得那才是自己这一生一世的依靠。

"你怎么在这儿？"杨怀之微笑着说。

"你怎么也在这里，我们不是在做梦吧？"她喃喃说道。

"唉，说来话长，我们找个地方坐下来慢慢说吧。"杨怀之说着，上了他的车。

"这是你自己的车？"杨玉簪疑惑地说。

"是的，这两年多来我跟朋友走南闯北地跑生意，需要用车。"杨怀之说道，接着他主动介绍自己近年来的行踪。"我主要是贩卖我们南方的水果到北方去，再贩卖北方的水果到我们南方来，同时也进口一些泰国的水果。"杨怀之边驾驶车辆边说。不一会就到了中阳路的一家餐馆停车场内。

杨玉簪从车上下来后，一眼就认出这就是他们俩第一次一起逛县城时，一起吃过饭的那家餐馆。接下来两人不约而同地走向以前用过的那张靠窗餐桌，幸好这会儿还空着，于是俩人就在自己原来坐过的位子上坐了下来。

"你呢，这两年怎么过来的？"点完菜后，杨怀之给她倒了一杯茶，关切地问道。

杨玉簪避开了他的目光，转脸向着窗外，幽幽地叙说着自己这两年多来的遭遇，她怕杨怀之担心她，所以没提到洪秀武打她骂她的事。杨怀之并不傻，从她那带泪的眼眶，忧郁的眼神，还有幽幽的语气中，他就明白她过得并不如意。况且，作为男人，他了解洪秀武的脾气和为人，再加上她生的是女孩，她日子不会好过的。

"你呢，有女朋友了吗？"她问他道。

"唉——"杨怀之长长叹了一口气，也将脸转向了窗外，说道，"我的爱情观你不是不知道，得不到你，至今我还无法将这份爱转移到别人身上。"

她深情而哀怨地注视着他，心在剧烈地跳动着，好像比以前第一次约会的时候还跳得厉害些。服务员陆续上菜了，他们边吃边聊。她问他这次为何回到本县来。他便告诉她说，"位于铁水河下游的国家一级水电站就要动工了，今年冬季开始在库区内征地和移民，你还不知道吧？我们铁窝镇那里属于库区尾水，最高水位会比现在抬高二十米，但还有十余米的坚固河岸，因此不用整体搬迁，只是靠河边的水稻田和菜地需要征收，成为库区淹没区。还有那座连接我们南北两边的小镇，属于批林批孔年代建起来的老水泥桥，要拆掉后重新建造一座新的大桥。更重要的是，以前铁窝镇赖以生存的命脉，就是我们祖祖辈辈冒着生命危险，划船进入里面取水做铁器'煎水'用的'黑龙洞'，肯定是要被彻底地淹没了，以后铁窝镇的支柱产业就不再是铁器了。因而国家会对我们铁窝镇的未来着想，就是实行边征地边进行劳动力转移战略，组织培训村民转移产业。我这次就是为这事回来的，你知道我家是菜农，以后没了菜地还能干吗呢？我想清楚了，我们镇地理位置特殊，限制了陆地交通网，但这么一来水路可是畅通无阻了。以往我们对外交通只靠那些四五吨位以下的铁壳船，于是我就想，我家二十几亩菜地，加上几亩稻田，国家照价赔偿大约一百五十万元，我再投几十万元下去，订做一艘客轮，大约需要二百五十万元左右，我已经找过熟悉省里造船厂的朋友，大约明年初就开始建造了。"

杨怀之自顾说着，最后将目光投向了窗外的远处，其眼神坚定而信心百倍。末了他收回目光，盯着杨玉簪那张已经变成美少妇的脸，说道，"不过这些计划你暂时不要告诉任何人。"

杨玉簪的眼睛一直是盯着眼前这个有情人的，她内心感慨万千。想想自己的丈夫洪秀武，还有小镇上的很多青壮年人，他们故步自封，除了打铁就不学无术，还自欺欺人，把他们比作井底之蛙也不为过，哪会像杨怀之这样高瞻远瞩呢？她深情地审视他说："杨哥，你就放心吧，我虽然读书不多，但我知道做生意的人讲究商业秘密，何况是你的秘密，我怎么会透露出去呢？"

不知不觉，已是近午时分，杨玉簪虽然很想再跟他坐一会儿，谈以前的事，谈未来的生活，可是现实却限制了她的自由，已经身不由己了，要是让洪秀武知道他们在这里相会，说不定他会打死她的。想到这，她便站起来说："杨哥，我要走了，咱们……后会有期。"

无意中说出了后半句话，她自己都吃了一惊。本来，听着杨怀之的一番分析，她突然觉得有一条路，好宽好阔的一条大路在等着她，在召唤着她，但这只可以在自己的心底里盘算着的，不可以随意外泄的，现在漏嘴说出来了，她很懊悔，要是可以收回，她宁可不说出来。她本想自己去买汽车票搭车回去，但杨怀之执意要开车送她回到乡里，之后再让她独自乘铁壳船回铁窝镇。她拗不过，同意了。

没想到，回到家后，她还是受到了洪秀武的一顿毒打，而且这一次他是往死里打，所以她这一次受伤好重，既有外伤又有内伤。原来，洪秀武的一个狐朋狗友恰巧带女朋友在乡里逛街，无意中见到了杨玉簪是被杨怀之用小轿车送到了河边码头，还替她付钱给了船老大，再依依不舍地送她上了船，他回来后便第一时间告诉了洪秀武。

洪秀武的这一打，却打出了她离婚的决心。她找了个机会给妹妹杨玉莹打了电话，哭诉了这些年在洪家遭受的种种非人折磨，现已决计要离婚，请她代写离婚诉状。

在接到法院传票后，洪秀武又将杨玉簪毒打了一顿，什么恶毒的语言都骂出来了，恨不得将她一把撕碎了才解恨。

由于洪秀武死活不同意离婚，法院最终没有判决他俩离婚。

经过这么一场离婚大战，洪家才有了一点危机感，于是他们改变了策略。洪承基觉得要是依了她，她就会投奔到杨怀之的怀抱里去，显然那是对他们洪家的一种蔑视和侮辱，所以他告诉儿子这婚不能离，离了咱家老脸没地方挂。最后对儿子说，要是有个儿子就好了，你给我在这一年之内，跟她弄出个儿子来，给我们洪家生个传承家业的男儿再说。

其实在老婆生出个女儿的时候洪秀武就想过离婚，然后再娶一个会生儿子的美女，反正铁窝镇里美女多的是。况且，在杨玉簪怀孕期间，他就跟好几个姑娘狼狈为奸了，那些狐狸精还巴不得他离婚后娶她们呢！现在听他老爸这么一说，他也觉得有理。于是他也改变了主意，还变着戏法儿折磨着杨玉簪。杨玉簪实在受不了了，更害怕真的怀上了洪秀武的儿子，那样的话就更别想提什么离婚了。她自己又不知如何是好，便打电话给妹妹与她商讨对策……

如此七八个月过去了，杨玉簪的肚子还没鼓起来。老头子洪承基不满意，洪秀武本人也不满意，因为长此下去，他会在别人眼里变成个无能之辈，自尊心会受到前所未有的伤害的。

这天，杨玉簪郁闷之极，晚饭后她独自一人到河边散步，以排遣心中的郁闷。当她走到菜地边，正欣赏着满地菜花的摇曳多姿时，正好遇见了也在那里转悠的杨怀之，他说他爹是个文盲，害怕政府移民办的工作人员糊弄他，所以特地召回他参与丈量自家菜地，以免少得几分补偿款，所以他回来了。

杨玉簪知道此地不可久留，虽然心中还有千言万语要对他倾吐，可是让洪家知道了，说不定她就没法活在世上了。于是又匆匆和他道别，走了回来。可是晚了，她刚一转身就看到洪秀武怒气冲冲地向这边跑过来，二话没说，他揪住她的头发便往家里拖，疼得她嗷嗷直叫，回家以后，又是一顿毒打。

更恶毒和惨无人道的是，几天后，洪秀武竟扒光了她的衣服，将她用绳子捆绑在一张躺椅上，之后拿出那块用于打印在他们洪家出产的铁器上的"洪"字钢印，将它在烧铁炉里烧红，之后野蛮地烙在了杨玉簪那雪白的大腿根部，一边烙上一枚"洪"字印。此时此刻，满腔的耻辱感和钻心的疼痛，使得杨玉簪昏死过去。这一次洪秀武没有找来老中医帮忙，而是自己学着电影电视里常见到的严刑拷打场面，他提来一桶冷水，往杨玉簪身上一泼，她就被浇醒了，呜呜哭着，心里比死了还难受……

此后整整一个月，杨玉簪没出过门。她几度想到了死，而且已经筛选了好几种死的方式。也想到过要报复，既然你不让我好活，那我也可以让你不得好死。而且这种想法在慢慢地占据上风。既然谁也不愿意帮助我，没人同情我，也只好自己想办法解脱了。就这么想着想着，一阵充满寒意的秋风掠过额际，她不由得打了一个寒战。

就在这一个月里，洪秀武开始不务正业，连"煎水"工艺他也是让老父亲代劳，他也没去参加劳动力转移培训，而是带头把镇上的铁匠们聚拢起来开会，并鼓动大伙说，"我们铁窝镇祖祖辈辈传承下来的名牌产品，不能在我们这一代人断送掉，但是下游的水电站一旦建成，黑龙洞就被彻底淹没，我们铁窝镇就会遭到灭顶之灾！"在洪秀武的鼓动下，众铁匠们高喊"还我祖业""还我黑龙洞"等口号，随洪秀武冲进县政府理论，为此，洪秀武被拘留了十天。

对此，杨玉簪更是看不起洪秀武了。尽管如此，被放出来后，洪秀武依然拿杨玉簪撒气，变本加厉地折磨着她，致使她狠下心来，寻机报复他。

这天，她看到洪氏父子俩正在打点各种工具，准备到黑龙洞采水。于是，一个灵光闪现般的念头悄然从她的心头涌起。

黑龙洞就在镇东面的豁口处，豁口右岸上是百来米高的悬崖峭壁，那上面寸草不生，远远望去，怪石嶙峋的很像一个龙头，其后面的山脉延绵千里，自然形成了"龙身"和"龙尾"。铁水河从西面豁口处流下了，到了这里被高高的"龙头"挡住，之后左转九十度大弯，再向着下游流去。那峭壁底部自然形成一个宽大的黑洞，远远望去，很像龙的嘴巴，千万年来它就这么张着黑洞洞的嘴，吐纳着铁水河的潮涨潮落，因而得名黑龙洞。夏季雨水丰足的时候，洞口是看不见的，被河水淹没了。所以要进入洞内采水，每年都要等到秋季以后才能动手。洪家大院内有一个很深的地窖，里面藏有许多用楠木制成的腰鼓形木桶，每年秋冬季节，他家就将从黑龙洞里采来的水灌进木桶内，之后密封并窖藏起来，据说窖藏时间越久远，给铁器"煎水"的效果就越好，这也许是他家铁器质量历来最好的原因。也只有这一个秘密，发明者洪太白老先生没有外传，只有他家世代相传，所以外界并不知晓。

洪氏父子选了个阳光明媚的午后，扛着船桨，挑着木水桶，来到黑龙洞对岸他们停靠小木船的小港湾那儿。洪承基将船桨安装在船尾部的桨桩上，试着摇了几下，便叫儿子拿好木桶，准备向黑龙洞进发。

黑龙洞洞口处水势很复杂，一方面洞内深处向外涌出一股黑水，传说那是黑龙的口水，两股水力就在洞口处交汇，大浪扑打着小浪，泛着泡沫，还形成一个个可怕的漩涡；一方面铁水河顺着河滩猛冲而下，大浪小浪直扑洞口而去，而洞口上方离水面平均只有一米二左右的高度，最高处也只有一米五左右，一旦把持不住木船，船头就会直接冲进洞内，船上的人就会被坚硬的石灰岩洞壁撞得粉身碎骨。历史上就曾经有过四次这样的悲剧，一次是在建镇之初，那时候采水经验不足，情有可原；一次是在明末清初，另外两次都集中在文革时期，那时候抓革命促生产，事故概率自然陡增。

一切准备就绪之后，父亲洪承基掌舵，儿子洪秀武则站在船头，像以往那样，当船头距离洞口还有三十来米远的时候，洪承基便使出浑身力气倒划船桨，让飞快往前冲的木船减速，待船头靠近洞口时，洪秀武就用双手撑住洞口上方的石壁，让船只得以缓冲，之后人就蹲下来，把船划入洞内，打水而出。

可今天似乎是遇见鬼了，洪承基刚一使劲儿倒着划第一桨，那根固定船桨的皮带就砰然断掉了，他人也就一个趔趄，差点栽到水里去。待他重新站立起来，一切都已经迟了，木船就像一支离弦之箭，眨眼之间船头就刺进了洞口。与此同时，只听见嘭嘭两声，洪家父子俩依次撞在了坚硬的石壁上。

洪家父子就这样瞬间命丧黑龙洞，尸骨被村民们依次打捞上来，埋在了北面山坡上的洪家坟地里。那只木船包括船桨也被村民们一一打捞起来，之后他们就七手八脚地抬到洪家大院内搁置。

洪承基老婆刘氏有个弟弟在县公安局刑侦大队工作，姐夫和侄子下葬那天他也在场。所不同的是，他有职业习惯，这些天来一直这里转转那里看看，特别是那条木船，还有船桨等物件，他都一一仔细地查看清楚。后来他真是看出了一些端倪，就是那根断裂的皮带，断裂的是捆绑船桨处，使得船桨脱离了桨桩，造成这次不可挽回的事故。而捆绑桨桩的那一头还稳稳的，船体打捞上来后还依然绑在那里。那根皮带显然是新买的，看上去成色很新，而断裂处好像是被人为剪断之后，再利用"大力王"胶水之类粘合起来的。但他还不太肯定，还要拿回到局里请物证专家鉴定一番才能下定论。不过他已经很保密地单独跟姐姐沟通过了，他将自己的怀疑告知姐姐，并问姐姐道，"如果有人要谋害姐夫和侄子，你认为谁的可能性大些？"

姐姐不假思索地说："杨玉簪！"于是她把杨玉簪从出嫁前到出嫁后，跟洪家的恩恩怨怨都说给弟弟听。弟弟最后说，"很可能就是她了，为了不打草惊蛇，你这段时间要装作啥都不知道，一定要稳住她啊。"说完他就带着那根皮带回城了。

几天后，一辆警车呼啸而至，不费吹灰之力，就将嫌疑人杨玉簪给押走了。

审问她的人看着眼前这位看似柔弱也很漂亮的少妇，心想吓一吓她，兴许她就会怕了，什么都招了。于是将物证也就是那根皮带往桌上一甩，吼道："杨玉簪！你知道我们为什么抓你吗？"

没想到杨玉簪却微微一笑，说道："你们别那么凶好不好，自从坐上警车的那一刻起，我就想好了，你们用不着叫叫嚷嚷的。不错，这事是我干的。"

接下来杨玉簪便供认不讳，竹筒倒豆般干脆利索。对此，做笔录的姑娘抿嘴一笑，便埋下头去只管记录。倒是那个吓唬人的干警自讨了个没趣，在一旁自我解嘲地一直抽闷烟。最后杨玉簪请求说："请你们尽快枪毙我，反正我活着也没意思。"在场的人听之，不免有些疑惑，特别是刚才吼叫着的那位干警，办了半辈子的案件，还从来没见过像眼前这位美少妇这般，无半点抵赖，还自己求死的。很快，杨玉簪就被检察机关以故意杀人罪提起公诉，法院当庭判决她死刑，剥夺政治权利终身。

杨怀之从获知杨玉簪出事的那天起，就开始在外围为她奔波劳碌。他这些年在外走南闯北做生意，多少也碰到过经济纠纷之类的案子，因此认识了本省著名女律师肖阳，肖阳律师在获知这个情况之后，对他俩的遭遇也深表同情，同意做她的辩护律师，但由于找她的人太多，耽搁了一些时间。当他们赶到关押杨玉簪的县看守所时，才获知死刑判决已经下达十多天了，掐指一算，离上诉期限只剩下三天时间了。他和肖律师立马启动紧急预案，要求进见杨玉簪。由于肖律师是本省赫赫有名的女律师，事情还算顺利。当杨怀之在会见室里隔着玻璃窗见到杨玉簪时，他的心就像被油煎了一样难受。当获知她只求一死，没有提出上诉时，他更是痛心疾首，并急切地告诉她，他给她请来了省里最著名的律师了，要她马上提出上诉。可她却说："没用的，扳不倒他们的，谢谢你的好意，杨哥，我们这辈子不能在一起，来世我们再相见吧!"说着,她哭了,他也哭了。在一旁的肖阳律师,也偷偷地为其掬一把泪。

最终,在肖律师的耐心开导和鼓励下,杨玉簪终于鼓起勇气在最后时刻提出了上诉。肖律师也就以代理律师的身份调阅该案案卷,并正式会见当事人。会见那天,杨玉簪由于不适应牢饭,经常拉肚子,为了争取时间,肖阳律师主动跟着她进厕所,杨玉簪蹲坑的时候,她就在一旁继续谈话。没想到肖律师的这一举动却无意中获取了重要的有利证据,就是杨玉簪站起身的那一刻,肖律师看到了她大腿根部的烙印。于是肖律师经过详细询问,获知了洪秀武长期折磨、虐待、侮辱和残害妇女的残暴内幕,于是她再次鼓励杨玉簪说:"就凭这些确凿证据,你不会被判死刑,我将为你做无罪辩护,起码能最大限度减轻你的刑责。"

杨玉簪上诉案再审那天,杨怀之早早地坐在了旁听席上,而且他选择了最靠近被告席的座位,意欲最大限度地给她以安慰和支持。

庭上,肖律师作了经典而精彩的辩护,旁听席上的人们,也由对杨玉簪的指责转变为同情和支持了。最终法官采纳了辩护人的意见,经合议庭审议,最后法庭改判杨玉簪有期徒刑四年。

重获新生一般的杨玉簪,在服刑期间由于表现很好,还立功两次,共获减刑一年,因此第三年她就出狱了,这一天她恰好满二十八周岁。杨怀之早就跟她约好,出狱那天他一定会来接她。果然,监狱的大门刚一打开,她就看到了他那伟岸的项背堵在门口,显然他是故意背对着她站在门外等她的。待她身后的牢门咣当一声关闭后,他立刻转过身来,将怀里的一把鲜花毕恭毕敬地递给了她。杨玉簪大喜过望,扑过去投进了他那坚实的怀里,激动地哭了起来。他俩紧紧地拥抱了一会儿,这才向着他的轿车走过去。

　　上了车，杨怀之就告诉她，他预定的那艘轮船已经进入最后的装修阶段，他现在就要带她去造船厂看船去。杨玉簪再一次激动地对他说，"好的，你真行。"说着她闭上了眼睛，随着轿车的行进，她觉得自己仿佛已经登上了那艘轮船，杨怀之和他请来的大副通力合作，将轮船使出了港湾，向着宽阔的大海前行……

瑶山不知心里事

一

当滚滚行进的历史车轮，悄悄碾过二十世纪八十年代中叶的时候，地处桂西大山深处的劳山镇，也乘着改革开放的春风，开始悄悄地嬗变和崛起……

这天，已过了而立之年，却满面春风的新任镇长蒋萍，正在镇政府办公室里主持一个小型紧急会议，突然电话铃声一阵紧似一阵地响了起来。她有些烦躁地顿了顿，摇了摇头，之后示意秘书彭军先去接电话。

彭军起身小跑过去拿起听筒一听，对方说是有急事找蒋镇长的，便说："蒋镇长，找你的。"说完将听筒递给了也是一阵小跑过来的蒋萍。她今天本来就心情欠佳，接过听筒就大声喊道："你是哪儿的？有话快说！"

"知道你年轻有为——急什么呐！"没想到对方却慢腾腾的，故意惹她生气似的说，"哦，我是县计生委的，刚才接到报告，说我们派下去的计生专干，在你们镇的加里村被瑶民们围殴，险些酿出人命案来，呃……计生工作可是一项基本国策哟……"

"知道了!"蒋萍不等对方说完就打断道,"我们正在开会研究这个问题呢!"

"对为首者要严加惩处……"

"我知道该怎么办!"蒋萍不等对方说完,再次打断他并挂断了电话。

蒋萍之所以这么焦躁,原因之一是她向来不喜欢听,也听不惯那些盛气凌人的官腔;动不动就要求人为严惩,那法律不成了摆设了?此外,每当听到加里村这个村名时,她都像被人电击了一下似的,浑身一激灵,皮肤就竖起鸡皮疙瘩。多年了,这是她的一个隐私。

她抬头做了一个深呼吸,强迫自己镇定下来。好一会儿她才转过身来,冲着此时背对着她坐着的副镇长李山,说:"李副,明天我们去一趟加里村吧。"

当她走到李山背后,却依然不见他回应时,情急之下伸手轻轻拍了拍他的肩头,本意是想提醒他。没想到这不经意之举却给比她大十几岁,但容颜乃至办事风格都像个年轻人一样的李山又找到了开玩笑的契机。在他看来,自己一手培养和提拔起来的爱将此时又犯了急躁病了,他正想找个契机安抚她呢。于是天生的幽默感驱使着他也伸出手去,捉住她的小手,说:"为了合作愉快,我们先握握手吧!"

这小插曲立刻引来了在座同僚们的开心一笑。

蒋萍此时却羞红了脸,赶忙抽回手去,嗔道:"瞧你那副馋猫样,还不赶快回家陪龚大嫂子去!"

蒋萍的话又引出了同僚们的一阵笑声。

在彭军眼里,蒋萍脸上的那片红晕最令他陶醉,觉得那是她浑身上下透出的成熟美的有益补充,使她更增添几分迷人的风采。可这动人心魄的红晕不是他激起的，心中不免有几分失落感。就在同僚们纷纷走出办公室之后，他有些心不在焉地低下头去，沙沙地抄写着手头的一份材料。突然，只听见"嚓"的一声，他的笔尖划破了稿纸，划破处便呈现出一笔浓重的墨迹……

二

第二天清晨，天刚蒙蒙亮，蒋萍和李山就出发了。

山涧中，溪流涓涓，鸟鸣啾啾。

越是走进大山深处，就越感觉这大山依然在沉睡着，这涓涓水流和啾啾鸟鸣声就像是大山的鼻息，让人感到清新而寂寥。

此时此刻，蒋萍却无心赏景。是啊，每每踏上这片土地，她都心潮起伏，感慨万千。这熟悉的山，那熟悉的水，乃至那熟悉的幽径，都令她触目惊心，倍添怅惘之情……

"来，要过河了，我背你过去吧！"李山下村屯时爱带上猎枪，此时他把猎枪从肩膀上卸下来，横着挂在脖子上，猫着腰对她说道。

此时，蒋萍的思绪却步入了现实与幻境之中。潜意识里她知道他们已经来到加里河边了。那清澈明净的小河之水……李山那等着她的宽阔的后背……眼前的一切多像她第一次来到这里的情景啊！

她怎能忘记，一九七三年的夏天，高中刚毕业的她正满怀信心地走向社会，可天有不测之风云，当官的父母稀里糊涂地被一帮人押走了，她这个昔日的高干子女，一夜之间变成了无家可归的流浪女孩，被迫报名加入到上山下乡知青的行列。她之所以选择加里村，是因为这里有她一个要好同学——严歌。听说他要亲自来县城接她，她高兴坏了，一大早就跑到车站里去等他，不曾想一直等到了中午，依然未见到严歌的身影。她心里不免泛起了嘀咕：是他不来了么？或者是消息传递有误？她觉得肚子饿得不行了，就想先回家去吃点东西之后再来等他。可当她回到家门口时，门板上白纸黑字地交叉着打上了两幅封条，她一下子惊呆了！这突如其来的变故让她不知所措，只好蹲在自家门口无助地哭泣……

"蒋萍！"

不知过了多久，身后突然有人喊道。她猛地转身，睁开泪水迷蒙的双眼一看，见是严歌来了，大喜过望的她便不顾一切地扑到了他的怀里，一把搂住他便号啕大哭起来……

这个情景也让严歌有些措手不及。平时他们只是在学习和生活上相互帮助，至多也是相互有好感而已，可算是好朋友吧，但绝对没有亲近过的。

看着她很伤心很委屈的样子，严歌就像捧着一只受伤的小鸟，小心翼翼地拥着她，感觉到她就在自己怀里，潮水般一起一伏地涌动着。一股从未有过的亲近感油然而生，他不由自主地伸出双臂，搂住了她的细腰，脑子里顿时乱成了一锅粥……

"你还愣着干啥？快点吧！"眼下李山扭头望着她叫道。

蒋萍梦游般地朝李山走过去……

那天严歌也是这么弓着腰叫她的。那时她没犹豫，径直走过去伏在他背上就让他背起来了。个中滋味还让她咀嚼和回味好长时间呢！

"你在发什么神经？"李山说着就过来拉她的手。

这一拉才把她拉回到现实中来。她吃了一惊，触电似的抽回了手，转而埋下头去匆忙地卷起自己的裤脚。但女性细腻的眼角余光却让她知道，李山在盯着她那细嫩美白的大腿。这又使她联想到了另一双眼睛，那是一双让她咽尽了人间屈辱之泪的毒眼。她立即条件反射，放回了卷起来的裤管，逃生逃死般地跌跌撞撞趟过了小河……

三

前面是一片原始森林，高大而茂密的树林子里黑魆魆、阴森森的。地上常年堆积着厚厚一层枯叶和鸟粪，日积月累，给这片红土地的表层造就了一层肥沃的黑土。

太阳光艰难地从树叶的缝隙间投射下来，随着叶子的摇晃，本来就微弱的光线就更加迷离，有些地段甚至是很难用肉眼辨认路面，稍不注意就会一脚踩空而滑下深渊。

林子深处出奇的荒凉，偶尔传来几声鸟鸣，声声都荡漾着悠长的回音。

此时她离他很近。她是有些怕，每次经过这里都有这种感觉。但是怕什么她也说不清，反正，一个人的话她是绝对过不了这儿的。

突然，李山一把将她拉到了一棵大树的背后！

要是在平时，她肯定不会沉默以对，她一定会像别的女人一样，本能地挣扎或是叫喊的。但此时此刻，险恶的环境迫使她什么也不敢。

好在李山并没有恶意，他只是宽慰地对惊吓得脸色发白的蒋萍笑了笑，之后用手示意她别动，别出声。之后他用手指着那不远处的杂草丛里，示意让她看清了。

蒋萍倒是有些好奇，顺着他指的地方伸长脖子看了过去，只见那里有一片阳光照射到杂草丛里，也依稀可以看到一对野猪在那里晒太阳。李山诡秘地向她微微一笑，接着端起猎枪，瞄准那对闹得正欢的野猪。

"砰！"

随着一声沉闷的枪响，蒋萍惊叫着转过身来。那头母野猪也哇地嚎叫了一声，然后轰然倒地，在做着垂死的挣扎。那头受伤的公野猪也哇的一声吼叫，跳将起来向前飞奔了几步，之后它转回身子，看到了死去的伴侣和向它开枪的人，它脖子上的鬃毛立刻一根根地竖起来，还有尖尖的耳朵也直挺挺地竖起来，瞪着它那血红的双眼，威风凛凛地站着。那姿势犹如引而待发的一支毒箭。

"呜哇——"公野猪终于发疯般地朝他们猛扑过来。

具有丰富狩猎经验的李山马上对蒋萍大声喊道："快爬到你左手边那棵树上去！"

慌忙中，蒋萍扔掉手中的提包，匆匆往树上爬去。然而差点吓瘫了的蒋萍却怎么也爬不上去。李山急了，放下手中的猎枪，一个箭步冲过去，用肩膀顶住了她圆滚滚的臀部，再使劲往上送，蒋萍这才翻身上了树干。还没等李山喘口气，愤怒的公野猪就像离弦之箭一样，扑向李山的后腰。

"当心！"蒋萍冲着他大声喊道。

受过伤的野猪比狼还凶狠，李山自然知道该如何对付它。只见他纵身一跃，双手迅速抓住横在头顶上的树枝，随即收腹并收拢双脚，因而躲过了野猪的獠牙。只听见"嘣"的一声，杀气腾腾的野猪立即撞到了树干上，震得树上的叶子沙沙作响，好几片黄叶如同飞来的纸钱，飘飘悠悠地落了下来。

趁着这当儿，李山翻身上了树。

"好险哪!"蒋萍舒出了一口气,说道。这壮烈的生死场面她第一次看到,心慌得令她窒息。

凶猛的野猪第一回合扑了空,还磕伤了自己的头颅,这更激起了它的愤怒。于是它也改变了战术,用锋利的牙齿疯狂地撕咬着蒋萍他们所占据的这棵树,要是被它咬断了,后果就不堪设想了。以前她听瑶族老猎手们说过这类悲惨的故事,没想到现在自己却要成为那些悲惨故事的主角了,她害怕急了,结结巴巴地对他说:"这……这可怎么办呐?"

和她相反,李山此时却出奇的镇定,近距离地望着惶惶然的蒋萍只是笑。

"你还能笑啊!怎么不想想办法啊?"蒋萍此时已气得脸红脖子粗,对着他简直是在吼叫。

"怕啥啦?大不了我俩一起死……"李山依然笑着对她说。

"可是,这么个死法,值得吗?!"她恼羞成怒,也顾不上礼貌了,冲着他吼道。

是啊,在这儿插队的时候,她曾吃尽了人间的悲苦,也蒙受过人间的奇耻大辱,可她从没想到过死。现如今她毕竟是一镇之长啊!虽说感情生活方面她并不顺利,但就这么葬身于一头野猪之口的话,真的不值啊。想到这,她无奈地哭了……

他是有办法的,身边大树多的是,而且大部分都是木质坚硬的青冈树,可他偏偏叫她爬上这棵不很粗大,也不很坚硬的树木,这就是个绝妙的办法。可他这时候偏不告诉她,还想进一步逗逗她。

李山原有一个漂亮而单纯的妻子,还有个可爱的女儿。可惜她后来被他头上的"高帽"吓怕了,毅然和他离了婚,并带着刚满三岁的女儿另寻"靠山"去了。他被下放到农村"劳改"后认识了现在的老婆龚秀香……

"你倒是说呀！"蒋萍又叫起来。

脚下的野猪还在不停地撕咬着树干，从树干上导传上来的震颤让蒋萍感到异常的恐惧。而李山依然慢条斯理地半开玩笑半认真地说："不说你也知道，我的私生活也不如意，正想死哪！你如今也三十有几了，还是形单影只的。唉！我们是同一条藤上的苦瓜哦，既然命运将我们拴到了一起，在世时不能成双，到阴间却成一对……"

"你……真是活见鬼了，这个时候还说这种话！"蒋萍转过身去，抱住树干大哭起来。她那被河水浸湿的裤管紧紧地贴着大腿，使她的曲线美更显突出。

"怕啥啦？荒山野岭的，就我们两个人，难道你害怕野猪听了笑话不成？"李山也转了转身子，换了一个脚位，变成了面对她那浑圆的后背站着，说道，"能告诉我么，你究竟是在等谁？"

此话犹如一阵寒风袭来，蒋萍不由得打了一个激灵。怎么说好呢？当初自己不过是国营养殖场的猪倌而已，没有他的发现和提携，自己不可能有今天。想到这，她觉得不能把话说绝了。说等你离婚？这可是彻底违背了自己的意愿啊。说等别人吧？那他会不会醋意大发而将自己推下去喂野猪呢？经再三权衡，她只是淡淡地说："我自己也不知道。"

"那……"李山欲言又止。平心而论，他非常喜欢眼前这个非常能干而且漂亮异常的姑娘。他也曾想过跟龚秀香离婚，之后向她求婚，但他最终没有付诸行动。一来跟龚秀香这样的文盲老婆谈离婚简直是异想天开；二来他也感觉得到，蒋萍要等的人不会是自己。看得出她很敬重自己，但那绝不是爱。

"呜哇——"这时候他们脚下的野猪忽然发出一阵怪叫，张着血淋淋的大口，瞪着血红的眼睛，恶狠狠地望着他们。

"看见了没有？它中毒了！"李山神秘地对她说。

"中毒了？"她确实懵了。更奇怪的是，那头野猪竟掉头冲到不远处的水沟里去了。

"我们快下去跑吧！"她天真地叫道。

"不行！我们跑不过它的，你在树上等我。"李山说着，跳下树来重拾地上的猎枪，递给树上的蒋萍拿住，他自己又攀爬到树上去，取下腰间的火药袋和铁砂袋，边往枪管里填火药边说，"这种树的汁液有毒，一旦进入禽兽的嘴里，不久就涩得封侯，而且奇痒难耐，干渴嗜水……"

就在这时候，那头野猪又跑回来了。它浑身湿漉漉的，径直冲到树底下来，更加疯狂地咬着，撞着，弄得这棵树摇摇欲坠。

李山装好了火药和铁砂子，还额外加了一颗圆球状的铅弹子。之后他左手握住树枝，右手单手握住枪把子，伸出食指扣住扳机，然后将乌黑的枪管伸向野猪。那头野猪竟张嘴咬住了枪管！就在这时候，李山扣动了扳机。

"砰！"枪响得很沉闷。野猪号叫着向上跃起，之后重重地摔在地上，抽搐了一会儿，死掉了。

险情解除了，俩人下得树来。李山马上又给猎枪装填火药和铁砂子，装完后他们走到母野猪身边，李山二话不说，抽出腰刀就动手割野猪的后腿。

"呵，真肥！"李山笑着说，"我们今天口福不浅哪，过来吧，帮帮忙。"

蒋萍苦笑了一下，只好过去帮他提起那条野猪腿，李山就蹲在下边切割。

四

出了林子就到了加里村。村上近百户人家就住在峡谷中的加里河边上。村里的茅屋很简陋，有的是茅草老泥墙结构，有的则还是篱笆茅草结构，而且一律被烟火熏得乌黑。乍一看，很像刚出土的古代部落遗址。

村子里很静，人们大概都躲在家中吃午饭了吧。村干部严必开的家就在村头，李山提议去他那儿吃午饭。

"要去你自己去！"蒋萍的口气生硬得令李山吃惊，说这话的时候显得很焦躁。也不容李山问个为什么，她径自绕道走了。李山也只好跟着她了。

两人来到一片晒谷场上，还是没碰上一个人。蒋萍熟悉这里的一切，她现在只是想去看一看那个当年她和知青姐妹们住过好几个春秋的屋子。就在这时候，突然间有七只狼一般的猎狗凶猛地扑向他俩，并将他们团团围住。他俩只好站在原地，背靠背，防御性地盯着猎狗。那些猎狗见李山手中握着他们熟悉的家伙，不敢贸然进犯，只是汪汪地叫唤着团团转，似乎在寻找突破口。

这时候，老老少少的瑶民们才像从地底下钻出来一般，个个表情麻木地站在自家门口观望着。他们当中有人认出了蒋萍，但不知这个跟他们一起种了好几年地的姑娘就是他们的父母官。在他们眼里，上面下来的干部只能给他们带来伤害。多年以来，这类苦他们吃够了，也吃怕了。所以他们怕，他们恨。

李山试着将一条野猪腿扔给了猎狗，可它们连看都不看，依然恶狠狠地盯着他们。李山这才悟出，猎狗的背后有鬼！

后来，两只老猎狗找到了突破口，猛然间扑向蒋萍。她慌忙用手中的提包扑打来势凶猛的猎狗。眨眼之间她就被两条强壮的猎狗扑倒在地，"哎呀呀"地惨叫着，本能地用双手护住脸部，在地上打着滚。

李山赶忙过来营救她。他先是高高举起猎枪，欲砸向猎狗。但看到蒋萍和猎狗已经扭作一团了，他无法下手，只好改用枪管挑开猎狗。

正在这时候，李山背后的猎狗却乘机扑向他，并咬住了他的裤管。他回手用枪托一冲，正中了那猎狗的致命部位——耳根。那猎狗惨叫一声，倒地不动了。

当那两只被挑开的猎狗准备反扑时，李山瞄准时机扣动了扳机。

"砰"的一声枪响，两只猎狗应声栽倒在地，殷红的血洒满一地。

其余猎狗见状，汪汪叫着，不敢进攻了。

李山趁机快速背上猎枪，抱起吓晕在地的蒋萍，夺路而逃。

李山横抱着处于昏迷状态的蒋萍，一路小跑逃回了山林里。他边跑边骂骂咧咧，苍凉的大山里悠长地回荡着他的谩骂声……

李山找了块平地，把蒋萍轻轻平放在厚厚的落叶之上。他自己则匆匆跑进林子里去，不一会儿他手上抓着一把草药回来了。

蒋萍终于醒过来了，她挣扎着坐了起来，望着自己被狗咬得血肉模糊的大腿，她难过得又哭了。

李山端着一包捣碎了的草药来到她跟前。"吱——"他毫不犹豫地撕下自己的中山装衣袋，盛上草药，并跪在她面前，俯下身去查看她的伤势。

"吱——"他又撕下她大腿上的破布片，随即露出一截洁白如玉的大腿。

她惊恐地挪开身子，心怦怦直跳。

"别怕，"李山诚恳地说，"我不会乘人之危……狗的牙齿有毒，这时候不敷药排毒会有危险的。"

说完，他就急匆匆地在她大腿上敷药，包扎。蒋萍咧嘴咬牙，强忍着那一阵阵直钻心的疼痛，额上渗出一粒粒豆大的汗珠，她也不吭一声。直到包扎完毕，她才平躺在地上，大口大口地喘着粗气。

这姑娘的承受力让李山佩服不已。没错，这是块当镇长的好料——李山想。

此时，浓雾已经升到山顶上了。远远望去，对面的那座最高峰犹如一位戴着白色帽子的圣诞老人，在凝视着远方。近处，鸟儿们更活跃了，在林子里自由自在地飞来飞去，唧唧喳喳地叫个不停，似乎有唱不完的歌和享不尽的快乐。

李山起身说，得马上送她去医院打针，否则更危险。蒋萍心里也是清楚的，所以她没说什么，就默默地撑起了身子，刚迈出了一小步，伤口那儿就传来钻心的疼痛。她咬牙坚持着，一步一瘸地艰难行进着，豆大的汗珠子又一颗颗地滚落下来了。没多久，她再也迈不开步伐了，偏偏脚下一打滑，"扑通"一声，她摔倒在地上。

李山此时还立在原地不动。他在心里责备她无谓的逞能，没必要的回避。但看到她跌倒了，他心里又非常难过。

"起来吧，我背你走。"李山再一次在她面前弓着腰欢迎着她。

这一次她没拒绝，显得很无奈地让他背了起来……

五

当夜，在镇医院病房里，蒋萍半躺在床上打点滴。床边守着她的依然是李山，他在打盹，醒过来后习惯性地掏出一盒香烟，很老练地从中抽出一支来，夹在唇间，刚想掏出火机点火，看见床上的蒋萍，略一思忖，又把烟支夹到了耳朵上。

蒋萍对此报以感激的一笑，说："老李，实在忍不住你就抽一支吧。要不，夜已深了，这里有护士守着呐，你快回去吧，否则明天龚大嫂子又断了你的饭路，再找我泼辣倒醋时我可担当不起哟。"

"她敢！"李山愤愤然道。

蒋萍嘻嘻笑起来，说："您的这一腔怒气正说明我的话没错，你那位内当家的呀，我是了解的……"

那天傍晚，蒋萍去找他商量点事，刚要敲门，却听到他在屋里跟老婆的对骂声。

"呸！简直是一堆废物，堂堂男子汉大丈夫，竟斗不过一个姑娘家，拱手把镇长的宝座让给了个黄毛丫头，你不觉得丢人老娘的脸还没地方搁呢！"这是龚秀香的声音，蒋萍听来耳熟。她本想马上离开的，但觉得她话里有话，跟自己也有关，所以想听个究竟，没有立即避开。

"我说过不是我让，她可是全票当选的！"

"哎哟哟，我的副镇长大人，你还有脸跟老娘嚷嚷啊？他们选她，可怎么不选你？"

"……"

"看她当猪倌时的那副熊样，你怎么会看中她，提拔她？莫不是……"

"她有管理才能!"

"哟呵,怪不得她最后翻了你的船……"

"就算是我输了,可输得有理啊!你不知道,我让她担任镇企业主任只一年多,就使得濒临倒闭的一家家企业东山再起,充满了活力,全镇财政收入也因此翻了一番,首次排在全县第一。我敢肯定,她以后要当我们县的县长!"

"得得得,你别在老娘面前夸那不知情面的毛丫头,她不就是靠那双铁手腕起家吗?就连我这个饼厂的老工人也被她涮回了家……"

"谁叫你无故旷工那么多?你以为你是镇长老婆了人家就会网开一面?这是改革年月!"

"哟呵,我看那毛丫头准是让你亲过嘴了是不是?要不你的嘴怎么这么甜啊?老娘不抽空在家养猪你能买冰箱、买彩电?靠你那份工资呀,还得等到猴年马月——"

"够了,吃饭吧!"

"吃饭?你当了几年的镇长,如今连自己老婆的工作都安排不了,你还有脸回家吃饭啊?去找那毛丫头吃去呀,她就一个人过,这会儿兴许还在等你呐,走哇!"

一阵急促的脚步声传来,之后门被打开了。龚秀香一手把门,一手指着门外,还想骂李山滚出去,可是真看到蒋萍就站在门外,她那张开着的嘴就僵住了,懵了好一阵才又砰地关上门。

蒋萍知趣地走开了。背后还依稀传来龚秀香的哭骂声:"骚母狗真在门外等你呐!呜呜呜——你还要不要这个家哟……"

眼看李山又要打盹,蒋萍就对他说:"老李,夜深了,您还是回家去吧。"

　　李山揉了揉酸涩的眼睛，然后呵气，伸懒腰，梦呓般地说："我会走的。可是，谁来照顾你？唉，真不明白你在等谁。以前的团委书记严歌可是一条响当当的男子汉，你不也说过早就把心交给他了么？最终你为何又赶跑了他？还有我们现在的秘书彭军，大学毕业，文质彬彬的，不就是小你一两岁么？常言说，女大一，好夫妻。再说了，他也深深爱着你呢。唉——真不知道你的心是肉长的还是铁打的，放着这么多好小伙儿不要，我看你是……"

　　"多谢您的关心，老李，今天咱就谈到这儿吧，好么？"蒋萍最怕别人问这个问题了，因为连她自己也不明白自己到底在等谁。

　　说曹操曹操到，彭军大包小裹地拎着许多东西来看望她了。

　　李山立即起身，把他迎进门来。之后对蒋萍挤挤眼，轻轻地关上门，走了。

　　彭军亲切地跟她打招呼，径直走到床头那儿，将慰问品搁在床头柜上，之后坐到她身边来，深情地凝视着她，看得她脸红心跳。

　　两人对视了良久，彭军情不自禁地捉住她的双手，再一次表达了他对她的爱意。

　　"别……你先别说这些……"蒋萍却似乎有难言之隐，对他摇摇头说道。

　　"我不明白，我哪儿不好？"

　　"你什么都好。"

　　"那为什么……请你告诉我，你还爱着严歌？"

　　"……"

　　"那你为何赶走他？"

蒋萍不禁黯然神伤起来。对于严歌的出走，人们普遍认为是她赶走他的，其实不然。她和严歌之间的那种微妙而复杂的关系人们无法了解。这也难怪，谁会无缘无故地去公开自己的隐私呢？说实在的，她也喜欢彭军。进而言之，如果她和严歌没有那段刻骨铭心的爱情，那么她或许会投入彭军的怀抱。因此她觉得有责任让他了解自己的过去，便对他道出了实情……

六

那年秋天，和蒋萍一起来加里大队知青点插队的余娟、小欧阳、晓兰、刘一菲四姐妹，除了余娟永远长眠于这片土地之外，其余三人都已经找到了各自的门路，远走高飞了，往日闹喳喳的知青点立刻沉寂起来，因为只剩下蒋萍孤零零一个人了。

想当初，蒋萍可是她们的头儿，姐妹们一刻都离不开她，什么事都得要她做主。

她们所住的是一排土屋，上面盖着茅草，一共六开间，五姐妹各自住一间，剩下那一间就是集体厨房兼杂物房了。

这天早上，天刚蒙蒙亮她们就和往常一样要出工了，蒋萍发现少了余娟。推开她的房门，屋里却是空的。一大早，她会上哪儿去呢？正当姐妹们慌忙地四下里寻找她的时候，村里那个经常在夜间下河捕鱼，偷偷拿到集市上去贩卖换些油盐，从而被扣上"四类分子"帽子，人称"鱼爹"的严大生却从河边抱来了一具湿漉漉的女尸。他将尸体摊放在知青点门前的那块青石板上，上气不接下气地对蒋萍她们说："呃……我在大水潭里撒网捕鱼，这一网好沉，以为是条大鱼呢，嗨！拉上来的却是个人！呃……看看像是你们中的一个，我……就抱过来了……"

此时，还没出工的男女社员们都围上来看热闹。人们都看清了，死者正是失踪了的余娟！细心的蒋萍发现她的手心里握着什么东西，她很费力地掰开她已经僵硬了的手指，取出一看，才发现是一张两寸黑白相片，那上面是一个英俊的后生。

蒋萍一直在思索着余娟的死因。她发现余娟的内衣带显然是被扯断的，胸襟也是被撕开的，纽扣只剩下最低那一颗没有掉，所以她的胸部就暴露在众目之下。凭感觉，蒋萍已经知道她为何寻死了。

此时，睡眼惺忪的加里大队党支书严必开出现了。他首先疏散了看热闹的人群，之后吩咐蒋萍她们几个知青今天不必出集体工了，改在家里妥善处理余娟后事，公分照计不误。他同时还吩咐村里的李木匠和邓石匠，让他们分别打一口好棺材和一座石坟碑。他自己则负责联系死者家属。他的话无疑是一锤定音，人们也就各自散去。

余娟下葬后的当天晚上，严支书亲自主持群众批斗大会，斗争对象就是"鱼爹"严大生。其罪名也是严支书给定的：一是奸污女插青余娟，致使其寻短见；二是身为"四类分子"，却不好好改造，仍偷偷下河捕鱼去卖，大发资本主义横财……

第二天，严大生被公安机关抓走了。再过一段时间，上面传来消息说，严大生被判处无期徒刑，坐牢去了……

这天，女知青和社员们正在地里劳动。严支书突然来找平时爱唱爱跳的刘一菲，说要她马上回大队部去填表，上面分下来一个名额，还是名牌艺术学院呢！长得像个电影演员一样的刘一菲，立即高兴得跳起来，手舞足蹈地高呼两声"毛主席万岁"，之后边唱边跳地跟严支书回队部去了，还不时回头跟大伙招手说再见，仿佛此时她已经踏上了去北京的列车一样。

　　等蒋萍她们收工回到家，却发现刘一菲在屋里哭成了一个泪人，怎么劝她也不停息。再问她是怎么回事，她不但不说，反而哭得更伤心了。到了晚上，蒋萍主动过来陪她睡。她也不指望刘一菲能跟她说实话，只是怕刘一菲一时想不开而走余娟的老路而已。

　　几年中，上面分下来的招工或是上大学的指标，一次一个名额地来。于是，小欧阳和晓兰也先后走了。她们临走前的反应大同小异，不是哭得饭茶不思就是在那儿直愣神。这些都逃不过蒋萍的眼睛，因为她一直陪伴她们左右，虽然每次分来的指标都没有她的份，但她还是尽了自己这个"头儿"的责任。谢天谢地，等到她们都有自己的出路的那一天，余娟的悲剧再没发生过。

　　眼下蒋萍重病缠身，已经卧床好几天了。

　　这是个浓重的秋夜，蒋萍痴痴地望着蚊帐顶。屋上横梁那儿有许多蛀虫在拼命地钻木啃食，也许是要在冬天到来之前把自己养肥了好过冬吧。在这夜深人静的时刻，那单调的吱吱声非常响亮。

　　此时此刻，蒋萍又想起了她的初恋情人严歌。她这个时候是多么需要他啊，可他如今在哪儿呢？在干吗呢？这些她都无从知晓。他是去年当上公社团委书记的，自那时候起她就很少看到他了。以往经常替他们传递信件的妹妹严歌燕也到镇上读中学了。在此举目无亲的她感到非常委屈，也很难过。是不是他也动摇了？要知道他们的恋情一开始就遭到他父亲严必开的强烈反对，理由是他们家祖宗三代贫农出身，属于"根正苗红"人家，不能和一个"走资派"的家庭联姻的。况且他们瑶族自古有个不成文的规定，不许族人跟汉族通婚的。但儿子严歌却对天起誓，非她不娶。然而，他的确很久没来看望她了，连封信也没见着。她可是时时刻刻都在想念着他啊，甚至是把对他的思念当成了继续活下去的理由。单凭这点痴情，就是他父亲将口水吐到她脸上，她也不会轻易收回对严歌的爱！假如严歌真的变了心了，那她也不想活了。

"笃笃笃。"一阵敲门声把蒋萍从思绪中拉回现实中来。但过了好一会儿，她只听见窗外秋虫在浓重的夜幕下的哀鸣声，还有横梁上蛀虫那单调的吱吱声，两者交织在一起，更使秋夜显得宁静而寂寥。

"是谁？"蒋萍转过头来，有些惊恐地对着闩紧了但不是很稳固的木门叫道。

"是我，"门外传来严支书的声音，"你不是病了么？我给你送药来了，开门吧。"

真是这样吗？他老人家真的大发慈悲了么？以前他可是从来没这么好心过啊，见了面都像遇见了丧门星一样，不是当面吐口水就是匆匆绕开了。有一次严歌叫她去他家吃饭，他老人家竟将她要入座的木板凳翻了个底朝天！这在民间民俗中可是一种莫大的歧视行为，也只有存在深仇大恨的情况下才给予对方的一种"礼遇"。当时她心里难受极了，强忍着泪水，匆匆跟严歌打了声招呼就夺门而出……

自从姐妹们都走了，严歌也不在这儿了，他倒是常来看她，每次来都开导她要好好听党的话，好好在农村改造思想等等。她听腻了这些训导，有时候真想用棉团塞耳事。但为了博得他老人家的信任，她还是佯装谦恭地听取——谁叫她爱上他的儿子呢？如果没有这层关系，她会赶走他，或是干脆拒之于门外的。因此，她对门外的严支书说："夜深了，我不想看病吃药了，您请回吧！"

"起来吧，"严支书又说道，"你不想看病吃药也就罢了，但你总想看到严歌给你的信件吧？他寄给你的信都在我手上，你开开门我就交给你。"

原来是这样啊！怪不得老见不到他的信，连他是死是活都无从知晓。她也曾经到大队部去问过多次，每次都说没有她的信。此时听他这么一说，她兴奋极了，硬撑着病弱的身躯起来给他开了门。

严支书喜出望外，像一只黑豹一样，一闪身就进了她的屋子，并强行将她按倒在床上……

前几年她调入镇政府任企业主任的时候，严歌就频频向她求婚，但她却像做了贼一样地躲避着他。后来在他的一再追问之下，她才鼓足勇气向他说出了事实真相。严歌当时感到万般羞愧，一时无法面对这个事实，因而主动要求调到新设置的另一个乡去工作了。

七

早在从政之前，蒋萍就觉得以往政府部门施政时有时存在简单而粗暴的问题。

从我做起吧！蒋萍这么告诫自己。她把这项在加里村开始试点的工程命名为"亲民工程"。早在她没出院的时候，这项工程就已经展开了。她首先把中等师范学校毕业后在加里村小学教书的严歌燕，调到镇政府办公室任特别联络员，平日里要求她身着本民族服装上班，说话办事直接对镇长负责。这就意味着，群众有什么心里话就可以直接用瑶话向她倾吐。简言之，严歌燕就是一个官民交流的窗口。其次是给加里村架设电路，让祖祖辈辈靠点煤油灯或是松枝照明的加里村村民用上电灯照明，包括农产品的加工用电。再次是就近打通原来劳山镇养殖场至加里村的村级公路，让加里村的土特产不再靠马驮肩扛出山。另外还有个附加工程，就是对已破败不堪的原加里村小学进行推倒重建。

这天，蒋萍刚一出院，她就迫不及待地和严歌燕下到加里村，去执行"亲民工程"的核心部分——思想工作。

当晚，按照蒋萍的事先部署，先行一步的工作队已经在加里村小学最大的一间教室做好了准备工作，包括柴油发电系统和幻灯仪器的安装与调式。由于加里小学要重建，现在的教室是在操场上临时搭建的。这次活动定位是科普课，和以往专门教村民识字的扫盲夜校不同，群众只需要像看电影那样，眼看耳朵听，用脑袋思考问题，随时可以发表自己的意见和看法。加上每位参加科普会的村民都可以在散会后领到两元钱的补助，所以瑶民们觉得很新鲜，偌大个教室都容纳不下，只好临时在教室两边的窗户底下安排长凳旁听。

蒋萍作了简短的开班讲话，中心内容是树立信心，扫除愚昧，科学致富。最后她说，瑶族是个能歌善舞的民族，就连服装也很有特色，既美丽又大方，大家看看我们的特别联络员严歌燕，漂亮吗？

大伙立刻开心笑了，连夸严歌燕既聪明又漂亮。有位老大爷咧开他那无牙的嘴，开怀大笑一番之后，说："这闺女啊，我是看着她长大的，她的漂亮程度赛过我们的始祖盘王身边的三公主了！呵呵呵——"

蒋萍立刻接过他的话茬，说："对了，下个月就是一年一度的盘王节，你们都是盘王的后代，要好好好庆祝哦。"

大伙立刻齐声高喊："好！好！"

眼看村民们的热情被充分调动起来了，蒋萍很高兴，立即叫工作人员播放科普短片，并由严歌燕用瑶族语言实时翻译。这一课的中心任务是让瑶民们了解太阳和地球，以及太阳系里的九大行星。过后，为了更直观和形象，让瑶民们能够认知，便由严歌燕利用地理模型演示太阳、地球和月亮公转的状况，通俗地讲解春夏秋冬的形成，包括月食和日食星象的形成。

没等严歌燕讲完，瑶民们就七嘴八舌议论开了——

有的说："地球是圆的么？我们祖上传说天是圆的，地是方的，宽广无边的……"

有人说："月亮上不是有树么？既然美国人已经能登上月亮去了，将来我们是不是也可以到月亮上去住？"

此问题一经提出，大伙先哄地笑了一阵。

严歌燕说："月亮上没有水，也就没有树木，我们看到的所谓桂花树其实是岩石的阴影部分，目前的科学还没发达到太空移民的程度，所以我们要发展科学，否则没有出路，就是要致富都是空话……"

有的说："地球原来就这么高悬在半空中的？怎么不掉下来哦？"

严歌燕看到蒋萍对她使了眼色，便说："这个问题明天晚上回答大家，好么？"

最后蒋萍总结说："今晚大家对科普知识很热爱，令我们感动，但今晚时间不早了，明天晚上大家再来吧。"

散会后，瑶民们喜气洋洋地排队领取会议补助，之后边走回家边谈论着神奇的天和地……

第二天晚上，村民们都自发地来学，觉得这样的学习形式既不累人，又可以掌握科学道理，跟以往的严肃说教相比，简直是一个天上一个地下！

蒋萍甚是欣慰，就进一步因势利导，让瑶民们从宏观角度理解问题的核心——为什么要计划生育。经过几天晚上的热烈讨论，见时机已成熟，就抛出了她的独创模式——奖励计划生育先进分子，执行以奖代罚新政策。

为了巩固群众的科学思想观，蒋萍已经考虑好下一步行动，就是聘请外地和本地的致富能手，培训缺乏科学技术的村民，以达到脱贫致富、科学致富的总目标。于是散会前她又作总结发言说："我们中国人有个根深蒂固的传统，就是所谓的'多子多福'思想。其实，多子并非等于多福，下面我给大家算一算生养孩子这笔账，如果一对夫妇生养四五个孩子，你能保证他们都能成为致富能手吗？肯定不能吧，因为培养一个成功人士需要资金投入，一个孩子，从出生开始到成家立业，你至少要投入一二十万元，五个孩子就得投入五十到一百万，恐怕没人付得起吧？那么好，你既然没有那么多钱投入，让四五个孩子读完小学就加入面朝黄土背朝天的劳动大军当中，你还得贴钱给他们起房子、娶媳妇。之后老都老了还得给他们带孩子，等带大了他们的孩子，你的生命也就走到了尽头！这时候你才发现，生养了那么多个孩子，白累了苦了一辈子，最终他们都跟你一样穷困，弄不好有一两个生来就体弱多病，那更加指望不上。事实上也是如此，我在加里村生活了那么多年，亲眼目睹生养了四五个孩子的家庭，几乎没有哪家是富裕的。因此，照我说呀，国家给我们一对少数民族夫妇生育两个孩子，已经足够啦，各家各户把所有的资金和精力都投入到两个孩子身上，给他们接受良好的教育，让他们成长为有知识有能力的致富能手，这才是我们的正确出路！也就是说，穷困才是我们想多生的根源，想靠生养更多的孩子来享福，殊不知适得其反！所以，接下来我们要团结一致，发展适合我们村的种植业和养殖业，等到全村人都富裕了，想让你们多生你们都不愿意！钱多了各家各户带着两个孩子到全国各地去旅游，甚至是出国去看看花花大世界，这总比你在家养一帮穷孩子风光多吧？"

"说得好，我支持！"这时候，有个青年人站起来，说完了还带头鼓掌，大家被他的行为所感染，也自发地鼓起掌来，哗啦啦山响。这个人蒋萍认识，他就是村里种植八角的能手黄民，严歌的老同学，好朋友。

八

转眼间，加里村小学重建工程完工了。三排青砖蓝瓦新校舍，宽敞而明亮。那镶嵌在绿色窗框上的玻璃在晨曦中闪闪发亮，与原来的低矮茅棚校舍相比，简直是天渊之别。

山村的早晨是迷人的，山谷中那雪白的雾海，被初升的太阳所照射，呈现出海市蜃楼般的景观。张口呼吸着那沁人心脾的新鲜空气，五脏六腑立刻舒展开来，那滋味简直让你飘飘欲仙。

蒋萍自然不是第一次体验到这种令人陶醉的清新感，如今她又感到有一股特有的新的韵致在撞击着她的心灵，使她感慨万千……

这天，村上那些还不知碾米机为何物的瑶民们，已把那间还没来得及围边的碾米机房给围了个水泄不通。他们个个睁大了眼睛，好奇地往里瞧，像等待一出好戏开演一样。

等蒋萍一到，安装工人就告诉她，所带来的各种设备全安装好了，单等她来开闸试机了。蒋萍走向前去，打开了电源开关，电动碾米机立即呜呜地转动起来，白花花的大米便不断地从出口处倾泻下来。几位缺了牙齿的老人用手捧起白花花的米粒，啧啧地赞叹不已……

自然地，瑶民们最后都把目光投向了蒋萍，那是赞许的目光，他们今天是完全拥护这个和他们一起在田地里劳作了好几年的漂亮镇长的。

时隔不久，蒋萍和李山又来到加里村主持第一任村长选举工作。严必开此时已被免去党支部书记职务，但作为村长候选人之一参加村长直选。

这天，选举大会就在村边的那棵千年古榕树下举行。选民们终于有机会投出自己神圣的一票，他们显得很开心，选举还未进行就交头接耳议论个不停。有的说，这么个选法严必开肯定会落选；有的则不以为然，说以往谁谁当官都是由上边定的，群众不喜欢的却偏偏当上了，而且一当就是个不倒翁，干好干坏一个样，这次选举恐怕没多大用处。

等到依法计票结果出来了，李山就当场宣布，黄民当选第一任村长！选民们顿时鸦雀无声，有些不相信这个结果，于是都把目光集中到了蒋萍身上。蒋萍理解了村民们的意思，于是她慷慨激昂地作了一个简短的演说，不仅说明了选举的合法性，而且还打消了村民们的顾虑。她刚说完，几个年轻人带头鼓起掌来。村民们这才如梦初醒，都热烈地鼓起掌来，哗啦啦山响，而且经久不息。

黄民曾经自费到外地学习种养技术，回来后承包了村里的一千多亩荒山种植八角，还承包了原来劳山镇的养殖场，今年估计收入三十万元以上，成了远近闻名的致富能手。可贵的是他不仅自己发家致富，还经常免费给村民们介绍种养技术，甚至免费给村里的困难户供应八角苗，深得村民们的爱戴自不必说。

正准备散会时，有不少人纷纷掏出一沓沓现金递到蒋萍手上，请她快快收下。蒋萍一时被他们的行为弄糊涂了，问他们这是干啥，村民们说是要补交超生罚款。蒋萍这才恍然大悟，哭笑不得。为此她又噙着热泪对村民们说出了她个人的心里话："首先，这钱我不能收，要交你们应该找计生部门去交。其次，乡亲们赚几个钱多么不容易，超生本来就是引起贫困的根源之一，但还要交这么多的超生罚款，这更是雪上加霜！所以我们今后施行以奖代罚新政策，而不是以加重个体贫困为代价，相信以后国家政策也会有所调整的，你们尽管放心吧！"

"镇长说得好！"

有人说着又带头鼓起掌来，其他村民也再一次报以热烈的掌声，还伴有热烈的欢呼声。

突然，有三个老乡来到蒋萍跟前，不容分说，一并咚咚地跪在了她的脚下，并叩拜道："向镇长请罪，向镇长请罪……"

"你们这是干吗？"蒋萍又一次被弄糊涂了，急忙向前去扶起他们，有位老者被扶起来后，把背在身上的布袋卸下来，从里面抽出一捆加工过了的毛茸茸的狗皮，递到蒋萍手里，说："镇长，我们把那些狗都杀掉了，这些狗皮是送给你的，以表示我们的歉意，同时听候您的发落。"

原来是这样！蒋萍顿时被感动得热泪盈眶，说："事情已经过去了……我不怪你们的……"

泪光中，她认出了这位老者就是当年的"鱼爹"严大生，于是又悲喜交集地说："是您？您……什么时候回来的？"

"是呀，前几年平反后释放回来的。"老人说到这，指着还跪在地上的年轻人继续说道，"这是我女婿，他因为交不起超生罚款，就带头放猎狗出来……唉！真糊涂啊，我当时没在家，让你受苦了……"

"大伯！"蒋萍紧紧握着老者的双手，声泪俱下地说道，"我也得感谢您呐！当年要不是您把娟娟捞上来，我们还不知道上哪儿去找她呢！可是……却让您蒙受了那么大的冤屈……"

"哎嗨……"严大生此时也不禁老泪纵横起来，说，"好闺女，啊不——蒋镇长！我这点委屈也总算过去了，况且又不是你们的错，而是那些狼心狗肺的……"

严大生说到这突然停住了，因为他看到严必开此时也在古榕树下偷偷地抹眼泪！

"算啦！"老人此时显得很大度地说，"大家能有今天，都不容易，珍惜往后的日子吧！哦，今晚你们就到我家里吃饭吧，我打下了不少的河鱼。"

"您如今还能打鱼?"蒋萍抹着眼泪问道。

"谁叫我是'鱼爹'啊?"老人不无幽默地说着，咧咧嘴想笑，可笑不起来。看得出，他心里充满着太多的酸甜苦辣……

离开了众人，蒋萍叫李山陪她一起去寻找当年埋葬余娟的墓地。由于年久失修，再加上杂草丛生的缘故，她费了好大劲才找到余娟的坟堆。她立即跪下去，先用衣袖拭擦着石碑上的文字：插青余娟之墓；再徒手一把一把地拔着坟堆上的杂草。拔啊拔，草叶割破了她的双手，鲜血直流，她竟忘却了疼痛。拔啊拔，她再也抑制不住心中的悲痛，失声痛哭道："娟娟啊！我的好姐妹，我来看你了！你死得好冤啊！娟娟，你才19岁呐，还没尝到生活的甜蜜，你就匆匆离开了人世……"

李山此时才了解这些事情。他不由得对这位镇长肃然起敬……

九

这年春天，省委党校为了适应领导干部年轻化、知识化、专业化的要求，要特招一批县领导后备干部研究生班，条件是具备本科毕业的正科级以上，三十五岁以下的各级领导干部。此时刚好通过了本科段自学考试，已拿到本科毕业证书的蒋萍正好符合条件，于是她报了名。就在她到地区去参加考试的时候，突然听到一条意外的消息，说严必开死了，他是在喝了大量的米酒之后，跳进河里淹死的……

一转眼进入了秋天，蒋萍要到省委党校研究生班就读了。临走前她抓紧时间，办了一公一私两桩好事，公事是投资一百多万元，将原有的劳山镇人民公园扩建并开放成民族文化广场，这在当地曾引起了强烈反响，是因为此举前人未曾想到也未必有胆量做到；私事是给一直追求她的彭军介绍了个女朋友，而且事情也办得圆满成功了。这女孩子不是别人，正是严歌的妹妹严歌燕！

这天清晨，她独自来到火车站，在月台上，她不由自主地停下了脚步。心想临走前应该见见什么人，可停了好一会儿，又觉得没谁可等可见的，便自嘲地笑了笑，自顾登上了车门的台阶。

就在火车要开动的时刻，李山才急匆匆地赶到了月台上，他很焦急地扫视着一个个车窗，一看就知道是在找人的。因为不能确定他是在找自己，所以蒋萍也没主动跟他打招呼。后来还是被他看到了，他急切地说："你在这儿啊！让我好一顿找。"

"对不起，"蒋萍微笑着说，"找我有事？"

"送送你呗！"李山有些伤感地说。

这时候，开车的汽笛声响了，之后便徐徐开动起来。

"再见啦!"蒋萍挥手对他说。

"……再见!"李山也把手扬起来,说着,泪眼迷蒙,差点掉下泪来。

望着李山那离去的孤独的背影,蒋萍心底里忽而升腾起"同是天涯沦落人"的感慨。此外,还有一股深深的歉疚萦绕在心头,挥之不去。有时候总觉得亏欠他什么似的,但亏欠他什么她也说不清楚。

旅途漫漫,思绪悠悠。如烟似雾的往事笼罩着蒋萍的心,叫她时而感慨万千,时而迷茫无措。和严歌相亲相爱的片段,又那么清晰地显现在了她的眼前。特别是跟他的初吻,虽然事隔多年了,却依然像昨天刚刚发生一样,叫她激动不已。

如今他在哪儿呢?在干什么呢?说实在的,她也曾试图忘掉他,然后努力去爱别人。可最终她觉得自己失败了,因为她无法转移她的爱。正因为如此,她拿不起也放不下,也不知道今后该怎么走。

也真是无巧不成书,到党校报到的时候,蒋萍刚拿起笔欲填写报到表,她就惊呆了,报到表上已赫然签了严歌的名字!这么说又跟他同学了?怎么这么巧啊!

乘了一天的车,她觉得有些累了,因而夜幕降临不久,她就早早上床休息了。同寝室的那位学员也早早睡下了,而且不久便传来分贝很高的鼾声。蒋萍却怎么也睡不着,她翻来覆去,眼前老是显现当年的情景。

这天,学校安排他们班劳动,而且劳动的项目有些特别,就是到山上割茅草来修补学校的猪舍。毕竟是家庭条件优越的高干子女,蒋萍很费劲地割了半天,却只弄到一小把皱巴巴的茅草不说,自己的手指和掌心反被茅草割得到处流血。眼看其他同学已经捆好了一担担茅草，都准备下山了，蒋萍急得只想哭。

这时候，挑着一大担茅草的严歌恰巧走过她跟前，见她这副可怜相，立刻放下肩上的担子，抽出插在腰间的镰刀，不容分说就唰唰唰地飞快帮她割起来。蒋萍趁机可怜巴巴地退到一边，掏出自己的印花手帕，撕扯成几缕布条，然后坐下来用这些布条包扎自己那流血的手。

等她包扎好了，严歌已帮她捆好了一小担茅草，并提起来笑着对她说："你过来试试看。"

蒋萍接过担子，很勉强地走了几步，眼看就要摔倒了，严歌赶忙上前把她扶住，说："还是我来吧。"

就这样，严歌左右边肩膀各挑着一担茅草，却依然步伐稳健地下山了。蒋萍则高一脚低一脚，一颠一颠地跟在了严歌身后。当他们走到学校附近的平整大道上时，严歌才停下了脚步，把属于她的那担茅草摊到了她的肩膀上，并嘱咐她小心点，走好了……

这天晚上，她辗转反侧，难以入睡。睁眼闭眼全是严歌挑担子和在球场上那生龙活虎的身影。她也闹不清这是为什么，但有一点却是明了的，那就是第一次尝到了为一个人失眠的滋味……

在往后的日子里，他少不了帮助她，这使她很是感激。从此，她老爱有意无意地望着他，不管在什么场合，她都爱用充满依恋的目光搜寻着他，一旦有哪一天见不着他了，她就觉得像是丢了什么东西似的，很不自在。她也很想找个机会好好谢谢他，甚至跟他谈谈心什么的，但一直到高中毕业，她都没有机会。抑或是有过机会，只是她不懂把握罢了。直到毕业晚会上，她才鼓起勇气，借向他敬酒之机，把他约出了会场。

"严歌，谢谢你给了我数不清的帮助。"她望着黑魆魆的天幕，强压着狂跳不止的心，颤着声音对他说道。

"你别那么客气，"严歌倒显得很平静，温和地对她说道，"我们是同学啊。"

蒋萍从衣袋里掏出一支精致的钢笔，递给他说："这是……送给你的……"

严歌把钢笔接过来，幽忧地说："我家在农村，很穷，没啥东西送给你……"

蒋萍打断他说："没关系啦！只要你喜欢就行了。"

"我当然喜欢了，"严歌说，"以后……我就用它给你写信吧。"

"好啊，"蒋萍兴奋异常地说，"我们去给老师们敬酒吧！"

说完，两人又回到了晚会现场……

这时候，对面床上的女学员翻了个身，呼噜声平息了。蒋萍这才有了些睡意，迷糊中，她也进入了梦乡。

十

第二天上午是隆重的开学典礼，虽然礼堂里坐满了人，可是蒋萍多年来搜索惯了的双眼，很快就锁定了严歌的身影。因为他在这种场合是习惯坐后排座位的，她很容易就搜索到了他，并悄悄地在他的后面一排坐了下来。严歌也像是有了感应似的，一扭头就惊讶地发现了她！他立即站了起来，惊喜地向她伸出手去。她也就自然地和他握了握手。

这可不是普通的握握手，虽然只是手上的轻轻一碰，但在各自的心灵深处，却是翻江倒海般难以抑制，也难以平静。

这时候，主持人宣布开会了。他们也就各自安静地坐了下来，但各自的思绪却像脱缰的野马，穿越时空，云里雾里地任意驰骋，难以收住。

散会后，他俩在没有语言预约，也没有做出暗示的情况下，却不约而同地留了下来。这种悄悄运行的默契感又使两人都感到吃惊。等学员们都走光了，他便转过身来，隔着一排座位和她开始天南海北地聊起来……

此后，他俩又自然而然地恢复了恋人关系，而且越来越亲密无间……

这天周末，蒋萍突然对严歌说："今晚到我家去吃饭吧，我父母想见见你。"

"今晚？你家？这可能么？"严歌懵了。

"可能的，我家如今就在这省城里呀！"蒋萍平静地说。

"哦，原来如此，"严歌喃喃地说，"当年的阶下囚……如今又是大官了……他们真的想见我？"

"是的，你别紧张，我父母都很好。"蒋萍仍然平静地对他说。

"哦，那好吧。"严歌显得既高兴又有些担忧地说道。

……

两年后，就在严歌燕和彭军在劳山镇举行婚礼的那一天晚上，省委党校礼堂里也上演了一出"别离大戏"——研究生班学员毕业联欢晚会。

晚宴结束后，严歌又以班长的身份带领学员们唱歌、跳舞。而最引人瞩目的，还是他和蒋萍这对老搭档，不论是唱歌还是跳舞，他们这一对公认的帅哥加美女组合都是最优秀的。他俩之所以备受人们关注，其中还有一个深层因素——他俩年年被评为优秀学员，都被学校老师们寄予厚望，甚至被誉为未来的政坛明星！

常言说，天下没有不散的宴席。待到曲终人散的时候，严歌却不无忧伤地对蒋萍说："我明天就要回劳山镇了，你何去何从还没告诉我呢！"

"……"蒋萍欲言又止。是啊，她此刻心里极不是滋味，因为她的确很难取舍。从她本人的角度来说，她是十分愿意跟严歌回劳山镇去的。但从她父母的角度来说，他们都希望自己这个饱受磨难的女儿能留城跟他们生活在一起，而且省委党校已经有意将她留校任教了，他们现在正需要一位来自基层政界的教官。其实，这个问题已经困扰她很久了。但不管怎样，现在应该是下决心的时候了。

"是啊，劳山镇这块土地毕竟埋葬着你的青春和热血，同时也给你带来屈辱和痛苦，也许你不该眷恋，"严歌心情复杂地对她说，"但那儿也有你的欢乐和事业，我想，作为当代有责任感的政客，你应该珍惜这一点。"

"你说得对，"蒋萍说，"再给我一点时间考虑考虑好么？"

"还要多长时间？"严歌有些急了。

"就今晚。"蒋萍说，"这样吧，明天如果我在开车之前赶到，那说明我要跟你走。要是车开了我还没到的话，那就说明我留下来了……"

严歌只好对她说："那好吧，你今晚也喝了不少酒，快回家休息吧！"

严歌说着，护送她到校门口，并亲自招来了一辆的士，将她安顿好，再关上车门，摇摇手，的士就开走了。

十一

翌日早晨，严歌在火车站外苦苦等待着，却久久不见蒋萍的身影，准备到点的时候，他只好先进站了。在候车室里，他还是不甘心，频频地向入口处张望着。

此时此刻，严歌的两眼都布满了红红的血丝。可想而知，昨夜他也失眠了。是啊，他也非常爱蒋萍，觉得这世间除了她之外，再也没有谁令他动心了。当初她最后一个调出加里村，来到劳山镇养殖场当工人时，由于离得较近，他曾在工作之余抽空去看望她，可她却不肯见他，每回都将他关在门外，而且每次都听到她在屋里哭个不停。尽管他不明白个中缘由，但他从来没记恨她，也从没放弃对她的爱。后来他改变了策略。他想，既然她不肯见他，那就改用寄信的方式吧。于是他每星期都给她写一封长信，信里也没有一句埋怨和责备她的话，而是千方百计安慰她，鼓励她。更多的是对往日恋情的追忆，再就是对未来的展望和憧憬。尽管每封信都是泥牛入海，可他还是没动摇过对她的爱。单凭这份痴情，哪怕她拒绝他，不再爱他了，他都毫无怨言。

后来她调到镇政府工作了，也许是回避不了之故，他才得以跟她接触。而一经重新接触，他却发觉她有些变了，变得有些陌生了，像是他们之间本来就不曾有过情和爱一样。

在往后的日子里，不管他怎么努力，她还是老样子，对他不卑不亢，不冷不热。于是他只能耐心地等待，等待着她感情的回升。在苦苦的等待中，他也没责备过她，反而经常反省自己，总觉得自己近年来亏欠了她一笔难以偿还的情债。

是啊，他参加工作后，她还在加里村务农。你想想，她当时是多么需要爱的温暖啊！可是由于刚刚接管团委工作，他得花大量的时间去基层调查了解，熟悉这个岗位的方方面面，以便更出色地干好这份工作。其实，这只是他的美好愿望而已，实际上他的绝大部分时间和精力，都被迫花在了那些大大小小的毫无意义的斗争上了，也就没时间和精力顾及她，只是抽空给她写写信。没想到这点愿望也被该死的父亲给活活剥夺了！竟然一封信也没能递到她手上！

故此，严歌觉得自己亏欠蒋萍的太多了，便在她调到镇政府工作后，经常请她到他那儿吃饭，专做她最爱吃的菜，给她享用。平常一有什么好吃的东西，他都要留给她。

就在两人的关系刚刚解冻，像大自然里的春潮那样开始涌动的时候，她却告诉他那个惨绝人寰的悲剧……

严歌曾为此而痛苦不堪，不仅是为自己感到难过，更主要的是为她所遭受的非人折磨而肝肠寸断！在忍无可忍，郁闷至极的情况下，他把老父亲拉到余娟的坟前让他跪下，再将他揍了一顿。虽然如此，他还是觉得无脸见蒋萍。在这种极度郁闷的情况下，他才作出了出走新乡，暂时离开她的决定的。

刚到新乡工作的最初那段时间，他也曾经放纵过自己，在苦闷中学会了抽烟喝酒，想在迷醉中寻求一时半会的解脱。但他发觉自己怎么也忘不了她，不管是在梦中还是在清醒的时候，她的影子总是挥之不去。因此，来党校学习后，他便很自然地跟也是对他念念不忘的蒋萍在一起了。没想到现在又是生离死别的时候……

一直到检票口的栅栏门要关闭的那一刻，严歌仍痴痴地望着进站口处，盼望她那熟悉的身影的出现。

"唉——"失望之至的他，重重地叹了一口气。

刹那间，铁塔似的汉子全垮下来了。他流着热泪，无力地提起身边的两只皮箱，踉踉跄跄地向检票口挪过去。

"严歌——等等我！"就在这时候，他身后突然传来熟悉的叫喊声。

严歌心头一颤，回头一看，是她！他朝思暮想的蒋萍终于来了！严歌立刻兴奋地撇下手中的皮箱，张开双臂向她奔了过去。

她也没了顾忌，也同样伸出双臂，扑到他怀里后就紧紧地搂住他的脖子，任凭热泪滚滚而流……

他先是紧紧地抱着她，然后忘情地对准她那光洁的额头吻了又吻，也是忘乎所以了……

那些等待下一趟车的旅客们，此时都被这对患难情侣的深情感动了，纷纷微笑着观望这感人至深的场面。

当列车远去了，那有节奏的嗒嗒声几乎听不到了的时候，蒋萍才呢喃着说："今天先到我家去吧，我好不容易说服了父母，他们叫你去暂住几天，然后再一起回去……"

"你是说他们同意你跟我走了?!"严歌迫不及待地打断她道。

"是的。"蒋萍说完，忽然听到四周爆发出一阵热烈的掌声。

严歌索性带动着蒋萍，给这些素不相识的热心人深深地鞠了一躬……

后　记

有人说文学家鲁迅是天才，可他自己却说："哪里有天才，我是把别人喝咖啡的时间都用在写作上了。"的确，业余作家很辛苦。年轻的时候，有许多热血青年也跟我一起写作，但是能坚持到现在的已寥寥无几，足以证明文学创作的艰辛。

发表处女作至今已有三十多个年头了，作品总量已达百万字，老早就想结集出版自己的第一本书。因为东西写得杂，本想编一本综合集子，但县文联吴鸿村主席建议编个专集，想来也有道理，自己的主要成就在于小说，就采纳了他这个建议，出小说集。

此时此刻，一要感谢县里的财力支持，二要感谢田林县文联的长期关怀，三要感谢这么多年来一直关注我的作品的读者朋友，没有你们的支持我恐怕也坚持不到今天。在此更要感谢我的母亲，她十九岁那年就生下我，在怀我的时候，她做了一个梦，梦见我长大后挑着一副担子回家，担子一边是书，一边是钱。也不知母亲的这个梦与我后来走上文学创作道路有没有一点联系。只可惜，业余写作几十年，我也没能挣那么多钱，母亲也因年轻时期劳累过度落下病根，六十岁那年便仙逝了，愿母亲九泉有知，儿子今天终于圆了出书梦。

王旭之

2017 年 8 月 22 日夜于风璐园艺场